U0896485

国家行动

【长篇小说】

程　琳　著

江苏凤凰文艺出版社
JIANGSU PHOENIX LITERATURE AND ART PUBLISHING, LTD

图书在版编目(CIP)数据

国家行动 / 程琳著. —南京：江苏凤凰文艺出版社，2017.10

ISBN 978-7-5594-0935-5

Ⅰ. ①国… Ⅱ. ①程… Ⅲ. ①长篇小说－中国－当代 Ⅳ. ① I247.5

中国版本图书馆CIP数据核字（2017）第167556号

书　　名	国家行动
著　　者	程　琳
责任编辑	聂　斌　孙金荣
特约编辑	李雪洋
专业审读	王凤君
责任校对	郭慧红
封面设计	门乃婷工作室
版面设计	李　亚
出版发行	江苏凤凰文艺出版社
出版社地址	南京市中央路165号，邮编：210009
出版社网址	http://www.jswenyi.com
印　　刷	三河市金元印装有限公司
开　　本	718毫米×1000毫米 1/16
印　　张	20
字　　数	229千字
版　　次	2017年10月第1版 2017年10月第1次印刷
标准书号	ISBN 978-7-5594-0935-5
定　　价	45.00元

目录

CONTENTS

第一章 CHAPTER 1

【1】

聂树远从监狱出来后，到处扬言要杀刘元。刘元没什么反应，刘元的哥哥刘唐却十分担忧。

刘唐所担忧的不是怕聂树远去杀他弟弟，他弟弟早就是杀人专家。聂树远真要去杀他弟弟，死的一定是聂树远。刘唐怕的是由此发生血案，那对他影响太不好。他现在是全国知名的大企业家、大慈善家，如果他弟弟是个大杀人犯，那可就糟了。

为了消除隐患，刘唐给彭云河打电话，让他帮着去摆平聂树远。

彭云河有些不解：“你想让我怎么去摆平啊？”

刘唐说：“你让聂树远断了去杀我弟弟这个念头就行。”

彭云河笑了：“聂树远去杀你弟弟，纯粹是在吹牛逼。他和好几个人都说过这件事儿。唐哥，他真要去杀你弟弟，他会这样大张旗鼓吗？他这么说，无非是想给自己找个面子！”

刘唐心知肚明：“那就给他这个面子吧！”

彭云河更不解了:“干吗要给他这个面子?他是个臭无赖!”

刘唐说:“正因为他是个臭无赖,我们才不能和他一般见识。聂树远不就想要个面子嘛,那就给他!”

彭云河说:“怎么给呀?”

刘唐说:“聂树远现在穷得都快卖血了,我估计他是想要两个钱!这样,我让刘元拿笔钱,你帮我去劝劝聂树远吧!”

【2】

一月初的益州市已经春暖花开,不少年轻的姑娘都穿起短裙,露出了雪白的美腿。

彭云河把聂树远约到了河边,一边看着眼前不时走过的美腿,一边悠闲地喝着浓郁的大红袍。

眼前的这条河叫益州河。河水静静地流淌,河边有各式各样的茶馆。午后的阳光很温暖,男男女女们坐在河边的一个个茶桌旁,喝着茶聊着天,无比惬意。

就在这无比惬意的氛围里,彭云河一边给聂树远倒着茶,一边深情地劝着聂树远:“你都这么大岁数了,别整天再打打杀杀了。”他指着远处的几个女孩,“你看这么多漂亮的姑娘,你得抓紧时间去干呐,树远同志,你要把在监狱里失去的好时光夺回来。”

聂树远喝着茶,抽着烟,没怎么接茬儿。

彭云河开始还是很有耐心，一本正经地问聂树远为什么要杀刘元。

聂树远讲起与刘元陈芝麻烂谷子的恩恩怨怨。彭云河没怎么认真听，混社会的这些人没什么正经恩怨，因为一句话一个眼神都能被砍下一条胳膊一条腿。

聂树远曾经混得比刘元有名气，后来被刘元超过之后，一直有些不服气。两个人斗了几个回合，聂树远就被莫名其妙地关进监狱里蹲了好几年。

聂树远说："我进监狱一定是刘元搞的鬼，这次说什么我得要弄死他！"

彭云河说："行了行了，都已经过去了。你要往前看，不要再斤斤计较了！"

聂树远说："这怎么叫斤斤计较？"

彭云河起初的态度是和蔼的，可见到聂树远老装逼，内心十分不舒服。

当聂树远说"老彭啊，你不用劝我了，反正，我得要杀刘元"时，彭云河终于火了："聂树远，就你这个熊样，还要杀刘元，真是给脸不要脸！"

彭云河突然发火，聂树远有点发蒙。

彭云河指着聂树远的鼻子，一点没客气："还以为你是过去的聂树远啊！撒泡尿看看自己吧，你现在连个弟兄都没有！"他指着身边两个年轻人，"我还有两个小兄弟呢！你他妈的连我都不如，你还好意思说你要去杀刘元？你也就是嘴上说说，自我快乐快乐吧。"

聂树远满脸通红，他说杀刘元真的只是说说而已，现在被彭云河这么无情地揭穿，他被弄得手足无措。

彭云河把聂树远的气焰打消之后，又拍着聂树远的肩膀，变得温柔起来：“好汉不吃眼前亏，你现在要钱没钱要兄弟没兄弟，你去杀刘元，没等你到跟前，你就得先被刘元杀了。听哥一句劝，马上打消这个念头吧！”

话说到这个份儿上，聂树远最后只好叹了一口气，说：“那我这几年监狱就白蹲了？”

彭云河笑了：“怎么能让你白蹲呢！刘元答应给你五十万！”

聂树远愣住了：“给我五十万？”

彭云河说：“没错，就是给你五十万。”

【3】

刘唐其实让弟弟刘元准备拿一百万，剩下的五十万，彭云河要自己留下。聂树远心里很是不满。

彭云河说：“给你五十万，你就知足吧。刘唐起初只是答应给你二十万，是我把他给忽悠了。”

聂树远不信：“你是怎么忽悠的？”

彭云河说：“我告诉刘唐，你为了杀刘元已经通过刘铁军买了一把六四式手枪。那把手枪你是花一万二买的，我还告诉他，你还打算到东北去雇两个杀手来益州……”

彭云河说得是声情并茂。忽悠人是他强项，这也是刘唐让他来劝说聂树远的原因所在。

聂树远最终被彭云河说服了。他觉得确实应该分给彭云河五十万。

两个人达成共识后，彭云河给刘元打电话，让刘元过来和聂树远喝杯茶，把他们之间的恩怨了结。

但刘元自己没有来，拿着钱来和解有点儿不太光彩。刘元派手下钱凯和吴立波拎着钱来到了河边。

钱凯、吴立波在刘元的手下不是很出名。他们两个人长得白白净净，钱凯还长着女人一样的手！

那双手又白又嫩。

彭云河问钱凯："你身上也这么白吗？"

钱凯说："我上身差点儿，但我的腿绝对比手还白！"

聂树远不太信："那你脱了裤子让我看看呗！"

钱凯贱兮兮地说："你真缺。"

在钱凯与彭云河、聂树远闲扯时，吴立波把带来的两个皮包放在了茶桌上。

两个皮包不是很大，但每个装五十万现金应该没问题。聂树远、彭云河都在想，这样分开装也挺好，省得一会儿再分了。

两个人想钱的时候，两个皮包打开了。

但皮包里装的不是钱，是两把崭新的六四式手枪！

在大家满眼惊讶的目光里，钱凯、吴立波就各自从包里拿出了枪。

钱凯把黑洞洞的枪口直接顶在了聂树远的脑门上。

随着枪响，子弹把聂树远的脑浆都打了出来。

钱凯、吴立波来之前刚刚吸完毒品，他们开枪射击时，那个平静那个沉着，仿佛他们是上帝派来的！

聂树远、彭云河，加上两个小兄弟一共四个人。钱凯、吴立波对这四个人有条不紊地扣动着扳机。

那感觉一点不像杀人，像是在电脑里打着杀人游戏！

【4】

这天，益州市公安局在人民广场搞了场很大的“人民警察为人民”主题活动。活动内容丰富多彩，有为群众返回赃款赃物，有为群众解答法律问题……

这个活动很重要，公安局的主要领导全都到场助阵，在活动即将结束时，益州河畔响起了枪声。

开始接到通报时，局长李良没完全反应过来，他命令刑警、巡警、特警设卡堵截嫌疑人时，还有板有眼，但当他详细地了解案情后，大脑有点不会思考了。

“光……天化日之下，两……名歹徒，当……众开枪行凶，一分钟之内，三死一伤……”

苏岩是刑警支队一大队的大队长，这个大队主要负责的就是“命案”。参加公安工作这么多年，苏岩什么命案都见过，但今天这个命案，他真没见过！苏岩向局长李良汇报时，嘴都哆嗦了。

苏岩的嘴哆嗦了，李良的心也跟着哆嗦了。李良抓住苏岩的手，几乎用哀求的口吻：“老弟呀，拜托你了，无论如何要把人给我抓住。”

【 5 】

下面发生大要案，省厅一般只是派出相应的业务部门参与侦破指导，副厅长能来的都很少。但益州市发生的这起涉枪“严暴”案，公安厅的一把手徐永年亲自带队下来了。

省城到益州有个四小时的车程，局长李良提前两个小时到高速路口等着。徐永年下来最反感这样高调接送，平时，李良决不会讨这个嫌，但这次他却早早地就站在收费站附近等待着徐永年的到来。

益州市发生了这么大的血案，公安局的一把手承担点责任在所难免。李良来接徐永年不是溜须拍马，是准备负荆请罪的。

案发后，李良是向厅里分管的副厅长做的汇报，但厅长徐永年却很快打来电话。徐永年问李良：“那两个凶手开枪时神态自若，杀完人之后还从容不迫地离开了现场，是这样吗？”

李良说：“是这样！”

徐永年又问：“当时围观的群众都看傻了，以为是在拍摄美国好莱坞大片，是这样吗？”

李良说：“是这样！”

徐永年放下电话之前，李良就听到了茶杯摔在地上的声音。

李良很清楚徐永年这次亲自到益州来除了指导破案，搞不好还要拿他这个局长开刀。益州的社会治安一直不太好，队伍调整时，徐永年特地把自己最信任的李良调到益州来，目的是希望李良能打开新的局面。

现在倒好，新的局面没打开，好莱坞的枪战大片却在益州上演了。

等待徐永年的这两个多小时里，李良感觉自己的大脑完全木了。他不知道，接下来这场注定要震惊全国的大案，最终会演变成什么奶奶样。

内心无限凄凉的李良就这么站在无限凄凉的夜色中等待着徐永年的到来。

好在徐永年的车队即将到来时，李良接到了苏岩一个并不凄凉的电话："局长，那两个人我全都抓到了！"

【6】

苏岩自己也没想到能这么快就把钱凯和吴立波抓住。

众目睽睽之下，钱凯、吴立波那么从容地杀人，那么从容地离去。苏岩起初以为钱凯、吴立波一定是经过了精心预谋。既然有预谋，那就一定事先做好了逃跑预备。

真那样的话，迅速地抓到他们俩一定得有巨大的难度。

意外的是，抓他们俩一点儿难度都没有。

钱凯、吴立波杀完人之后，就换了手机，换了车，准备逃到云南。

正常来说，他们这样做搁过去也同样不好抓，可现在的公安系统早已今非夕比，各种侦查手段应有尽有。

钱凯、吴立波在郊区准备换乘卡车离开时，就被预先埋伏的苏岩等人摁倒在地。

两个人被戴上了手铐后，苏岩都不相信这是真的。他直接问钱凯、吴立波：“下午，真是你们俩开的枪吗？”

这时的钱凯、吴立波仍然沉浸在毒品的幻觉中，他们俩竟得意地说：“对呀，就是我们俩开的枪呀！我们俩把梭子里的子弹全都打光了！”

【 7 】

即便知道了两名案犯被迅速地抓获，徐永年依然满脸冰霜，在二楼小会议室，面对着市局主要领导，他拍着桌子，大声地说：

“我万万没有想到，你们益州的社会治安竟然严峻到这个地步。光天化日之下，两名歹徒竟敢持枪，在众目睽睽之下，连杀三人！你们预防工作是怎么做的？凶案发生时，你们的局领导在哪里？你们的广大公安干警在哪里？”

虽然徐永年劈头盖脸地把大家说得面面相觑，但李良没太在意，他很了解徐永年，开始的狠批评意味着接下来是狠表扬。

果然，徐永年批评完之后，就开始热情洋溢了：

“益州市局在案发后这么短的时间里，就能将犯罪嫌疑人悉数抓获，这同样令我没有想到。看起来，你们益州市局已经在险恶的环境中，锻炼出了一支过硬的刑侦队伍。作为厅里过去一直搞刑侦的老同志，我感到很欣慰，我为全省刑侦能有这样一支队伍，感到骄傲。”

公安工作主要是打击和预防。发生这么大的血案，防范虽然没做好，但能迅速地破案，对益州市公安工作表扬表扬一点儿也不为过。

表扬完之后，徐永年提出了具体要求：“接下来，我希望你们能够再接再厉，再破大案。益州现在的治安环境如此严峻，决不是一朝一夕形成的。通过这起涉枪‘严暴’案件的侦破，希望你们能够‘一案带多案’，尽最大可能，深挖余罪，让益州市的社会治安来一次大转变！”

【8】

案件发生后，警察破案不是像电视上演的那样，傻呵呵地只盯着自己手头这一个案子。中国警力严重不足，每个一线警察手里都同时捏着几个案子。所以，无论侦破哪个案子，警察都要“由人到案”或“由案到人”。“一案带多案”是每个一线警察的工作常态。

为了深挖余罪，苏岩刚刚抓到钱凯、吴立波，就开始了“一案带多案”。

苏岩是刑警支队负责“命案”的大队长，钱凯、吴立波在他的辖区干出了这样惊人的血案，苏岩气得恨不能扒了他俩的皮。但苏岩现在一点也没看出生气的样子，反而在车里就开始给钱凯、吴立波掏烟点烟，弄得像亲兄弟似的。

钱凯、吴立波还处在毒品的幻觉里，这对苏岩是机会。处在幻觉里的钱凯、吴立波感觉自己无比地了不起。苏岩就用温柔的方式，帮着他们继续着这种了不起。

钱凯说:“我把枪口顶在了聂树远的脑门上，我亲眼看到他的脑浆被打了出来！”

苏岩说:“是吗？过去，我只是在电影里看到过。”

钱凯说:“那你不如我，这次我是亲眼所见。”

苏岩又对吴立波说:“聂树远的脑浆被打出来，你看到了吗？”

吴立波说:“我当然看到了，我就在旁边呀！”

没等苏岩继续问，吴立波就开始滔滔不绝:“太有意思了。开始，我没想开枪，元哥让我们把聂树远干死就完了。我心想，干死一个不如把他们全都干死算了。”

苏岩竖起了大拇指:“吴立波，过去你给我的印象是胆小如鼠，没想到，你原来这么牛逼呀！佩服佩服！”

苏岩嘴上说佩服，心里恨不能立刻掏出枪直接把他俩全都毙了！

一线警察都有这个本领，心里想的和实际说的能够做到绝对的相反。

苏岩压抑着内心的愤怒，无比温柔地让钱凯和吴立波感觉他们俩是真正了不起的大男人。

于是，自我感觉了不起的钱凯、吴立波争先恐后地诉说他们俩为什么要杀聂树远，为什么杀完聂树远还要把彭云河和那两个小兄弟统统都给杀了。

【9】

处在毒品幻觉里的口供是不能完全相信的。好在他们俩与彭云河的口供是可以相互印证。

彭云河的身上挨了两枪都不致命，当天夜里被抢救过来之后，就能很清楚地说出话来。

根据彭云河的口供加上钱凯和吴立波的诉说，案件的来龙去脉基本水落石出。

聂树远出狱后扬言要报复刘元，刘元的哥哥刘唐担心引发血案影响到自己，就让弟弟刘元拿钱摆平聂树远，但没承想，弟弟刘元竟让钱凯、吴立波当众枪杀了聂树远等人。

局长李良把苏岩叫到自己办公室，直接向厅长徐永年汇报。

徐永年问得很细：“刘元为什么要杀聂树远？”

苏岩说：“因为聂树远老吹牛，刘元觉得自己没了面子。”

徐永年问：“仅仅因为自己没了面子，刘元就要当众杀人？”

苏岩说：“是的。”

徐永年好一会儿没说话，最后，他又问：“刘元是亲自向钱凯、吴立波下的命令吗？”

苏岩说：“是的。”

刘元在益州这里是老大，他不允许别人向其挑战，哪怕吹牛也不行。刘元在益州的不可一世，徐永年早有耳闻。但刘元狂妄到这个程度，还是远远超出了他的预料。

苏岩离开后，徐永年问李良："你打算怎么办？"

李良说："既然刘元涉嫌重大犯罪，现在当务之急是要尽快把刘元抓住。"

徐永年说："那把刘元抓住之后怎么办？"

这个问题看似简单，其实意味深长。李良没接茬儿。

把刘元抓住势必要牵扯到刘元的哥哥刘唐。

刘唐可是个大人物，他李良是没有能力对付的。他之所以把苏岩叫到办公室直接向厅长汇报，原因也在这儿！

李良搞不清徐永年与刘唐究竟是什么关系。李良到益州担任局长后不久，刘唐在省里请李良吃饭时，竟然让徐永年作陪。

徐永年似乎看出李良在想什么，见李良不言语，便说："刘唐是省政协常委，他请我吃饭，我不好拒绝，但我没承想，他那天让我来，是给你看的。"

见徐永年这么说，李良心里就有数了。

刘元在益州总惹事儿，为了弟弟，刘唐宴请李良这个地市级的公安局长时，把厅长大人隆重地搬出来，一般情况下，完全具备"震慑"作用。但这对李良起的作用不大，李良与徐永年早就相互了解，他们无须交流，便能戳穿刘唐这种惯用的伎俩。

徐永年为了明确表明态度，还笑呵呵地说："刘唐以前为了把我镇住，请我吃饭时还把张景春搬出来了。"

张景春是省里握有实权的副省长。

李良说："张省长好像和刘唐的关系是不错呀！"

徐永年说："那是相当地不错。吃饭的时候，刘唐从北京找来了两个演员！吃完饭，还让我跟着一块儿去唱歌呢，但我没去。”

李良说：“你咋没去呢？”

徐永年说：“我不好这个。”

话说到这个份儿上，李良心里就完全清楚了。他直截了当地问徐永年：“这个案子，无论涉及到谁，是否要一查到底？”

徐永年郑重地重复了一遍：“是的，无论涉及到谁，必须要一查到底。”

【 10 】

盛唐集团的规模很大，市值有四百多亿。集团下属四个上市公司，近百家子公司，业务涉及房产、发电、矿业、金融、光伏等行业。

刘唐虽然是集团的实际控制人，但他很少具体负责，集团的业务大都由总经理孙亚辉为其打理。刚刚出道时，刘唐是跟着孙亚辉混的，但随着刘唐越来越有“出息”，孙亚辉只好跟着刘唐混了。

这些年，孙亚辉对刘唐忠心耿耿，常常像影子一样跟随着刘唐。所以，当杀了聂树远后，怕哥哥埋怨自己，刘元都没直接告诉刘唐，而是先告诉了孙亚辉。

孙亚辉听到这个消息后都吓得半天都没反应过来，但刘唐却显得很平静。

弟弟刘元令手下杀了这么多的人，按理说，这是刘唐最担心的结果。但这个结果真出现之后，刘唐却没有太大的反应。即便连夜回到益州见到弟弟刘元，刘唐也没有大喊大叫。他只是平静地问刘元：“干吗要杀聂树远？”

刘元说：“聂树远到处吹牛逼要杀我！”

刘唐说：“既然你知道他吹牛逼，那你就让他吹呗！”

刘元说：“不行。益州我是老大，他总吹牛逼，我受不了。”

刘唐盯着刘元看了好半天没有说话。

正因为怕刘元受不了，刘唐才让刘元给彭云河拿一百万去摆平聂树远。当时刘元是满口答应的，但刘唐万万没想到，刘元不仅没照办，反而借机当众打死了聂树远。

刘唐说：“知道我为什么要让你给聂树远拿一百万吗？”

刘元说：“知道啊，我给他拿了一百万，这就是敲诈我的证据啊！用这个证据，足可以让聂树远永远待在监狱里。”

刘唐说：“既然你知道，那你为什么还要杀他？”

刘元说：“我不想让聂树远再进监狱。只有我杀了他，我才能证明我是益州的老大。哥，实话说吧，我不想用你那种办法，你让聂树远进监狱是在诬陷他，那样我太没面子了……”

刘唐说：“为了面子，你就故意派手下当众枪杀聂树远是吗？”

刘元说：“是的。”

其实刘唐过去也这样干过。当年，王永成吹牛要炸盛唐集团，刘唐就让郭子强把王永成给杀了。

刘元说：“哥，我把聂树远杀了，你不要生气啊，我这是学过去的你！”

刘元说的这句话让刘唐火了。这一路上，刘唐都在不时地暗示自己，不要发火，不要发火！现在他完全压不住了。刘唐狠狠地给了刘元一个耳光。

耳光打得结结实实，声音传出老远。

刘元当场被打蒙了，站在旁边的孙亚辉当场被吓蒙了。

刘元每天都要吸毒，处在毒品幻觉中的刘元什么都能干出来。

孙亚辉急忙站在兄弟俩之间，对刘唐说："刘总刘总，你要冷静。"

现在的刘唐已经没法冷静了，他推开孙亚辉又给了刘元一个耳光。

刘元被打急眼了，他指着刘唐说："你再打我一个？"

刘唐说："我再打你怎么的？"

刘唐再次给了刘元一个耳光。

此时的刘元，双眼变得像狼一样。他把手塞进兜里，像是在找着什么。

孙亚辉急忙抱住刘元："老弟，老弟，你听我说……"

这时，刘唐却掏出了一把枪，放在了刘元的跟前："你找枪是吧，来，我给你！"

此时气氛变得像美国枪战大片一般，孙亚辉吓得都不会说话了。好在刘元没有拿起枪，只是狠狠地看着刘唐。

刘唐指着刘元："你看什么看，有胆量，你现在把我也打死！"

孙亚辉浑身抖得像筛糠一般，再次挡在了兄弟俩之间，对刘唐说："刘总刘总，请您冷静点！"

刘唐向门外指了指，对孙亚辉说："孙总，你出去……"

孙亚辉说："刘总……"

刘唐大声地喊道："孙亚辉，你马上给我滚出去！"

孙亚辉伺候刘唐快二十年了，刘唐还头一次这样讲话。

孙亚辉呆呆地看着刘唐，他的腿不停地哆嗦。

刘唐转身来到了刘元的跟前，拿起那把枪，塞进了刘元的手里，继续说："来吧，你现在就把我打死！"

孙亚辉吓得大气都不敢出，他太了解刘元了。刘元是个畜生，什么事儿都能干出来。

好在刘元也知道这次是自己闯了大祸，他把手里的枪扔在了沙发上，跪在了刘唐的面前，认真地说："哥，我错了。"

【 11 】

刘元走后，刘唐坐在沙发里，浑身完全湿透了。刚才看着弟弟狼一样的眼光，他其实吓得要死，但他不能表现出来。

弟弟刘元要面子，哥哥刘唐更要面子！

刘唐决不能让弟弟占了上风。

孙亚辉殷勤地为刘唐倒着茶点着烟，小声地说："你弟弟什么样，你比我清楚，今后可不要再刺激他了。你要是有个三长两短，那我们……"

刘唐拍了拍孙亚辉的肩膀，郑重地说："放心吧，今后，我保证不会再和刘元一般见识了。"

虽然不和刘元一般见识了，可刘元造成的这个天大的麻烦，还得由刘唐来解决。

刘唐问孙亚辉："现在我们该怎么办？"

孙亚辉说："现在我们最好给徐永年打个电话！"

【 12 】

徐永年接到刘唐的电话是在李良的办公室里。

刘唐问：“徐厅，睡了吧？”

徐永年说：“没有。刘总，这么晚了，有什么指示？”

刘唐说：“指示不敢，听说您来益州了？”

徐永年说：“对呀。”

刘唐说：“刚好我也在益州，老哥，能不能见一面？”

徐永年说：“有急事儿？”

刘唐说：“是的。”

徐永年说：“能不能电话里说？”

刘唐压低声音：“最好见面说。”

徐永年拒绝了：“不瞒您说，刘总，刚才王厅给我来电话通知我明天上午十点到省委去开会，我现在正要往回赶……”

刘唐有点儿急了：“徐厅，我见您，就两分钟。”

徐永年只好说：“是不是今天的那个案子？”

刘唐说：“是的。”

徐永年说：“既然这样，刘总，我们就没必要见了。李局你不也熟嘛，你直接找他。如果他办不了，你再给我打电话，怎么样？”

刘唐说：“谢谢。”

徐永年放下电话，站起身对李良说：“本来还想在你这儿多待两天，刘唐来了，我只好现在就回去。”

李良送徐永年往外走的时候，徐永年在李良的耳边下达了命令："你要不惜一切手段，尽快抓住刘元，明白吗？"

李良说："明白。"

【 13 】

刘唐没有直接去找李良。他和李良没有深交，贸然去，万一李良不给面子，他会下不来台。刘唐首先找到了副局长关浩然。

益州是刘唐的发家地，很多干部都和刘唐熟得很。

关浩然亲自把刘唐带到了局长李良的办公室。

李良格外热情，他甚至抓着刘唐的手，将其让到了自己的座位上。他对刘唐说："徐厅如果在办公室的话，这部红色电话可以直接打给他！"

刘唐也算知趣，只是简单地坐了坐，便来到了沙发上与李良边喝茶边聊天。

刘唐说："李局，听说，我弟弟公司有两名员工，被你们抓来了。"

李良没有马上回答，而是看了看随行的关浩然和孙亚辉，两个人都知趣地离开房间后，李良才小声地说：

"那两个人一个叫钱凯，一个叫吴立波，对吗？"

刘唐说："对。就是他们俩。"

李良说："他们俩太不像话了，当众开枪打死了三个人。"

刘唐也说："他们俩确实是太不像话了！"

李良说："刘总，如果你要来给他们俩说情……"

刘唐摆着手："李局，你不要误会。我来决不是给他们俩来说情。"

李良说："那你是？"

刘唐说："我弟弟为这个事儿很上火，毕竟是他的员工干出了这种事儿，他想代表公司，给死者的家属表示表示。"

李良说："给家属表示那属于民事，这都赶趟儿……"

刘唐这时忽然问："李局，你实话告诉我，这个案子会不会牵扯到我弟弟？"

李良想了想，认真地说："我认为不会。"

刘唐心里暗喜。也许，吴立波和钱凯并没有供出刘元。

刘唐说："我怕那两个人为了自保，诬陷我弟弟！"

李良笑了："诬陷也没用。别说咱们关系这么好，就是咱们不认识，作为公安机关，我们也得依法办案呐。刘总，你就放心吧，这个案子不会牵扯到你弟弟。"

刘唐不放心："李局，万一牵扯到了怎么办？"

李良也很实在："刘总，现在过头的话，我不能说，说了，我恐怕也办不到。如果将来万一真的牵扯到了你弟弟，那也只能再说了。"

【14】

刘唐问关浩然："你们李局长这是什么意思啊？"

关浩然说："他这意思，你还看不出来吗？人家不想帮你呗！"

刘唐说："不能吧，我在省里请过他！"

关浩然说："刘总啊，你现在赶紧清醒清醒吧！"

刘唐有点发蒙："我现在不清醒吗？"

关浩然说："当然了。"

刘唐不再说话，关浩然这种说话的口气让他很不舒服。

旁边的孙亚辉接过话："关局，那你说说吧！"

关浩然继续用刚才的那种口气："这还用我说嘛！众目睽睽之下，三死一伤。现在网络上都在传，说我们益州今天上演了一部好莱坞枪战大片！"

刘唐不满了："关局，不要说这些没用的。刚才李良告诉我说，目前我弟弟没有牵扯其中！"

关浩然却不同意："李局长如果说你弟弟牵扯其中了，你要是求他，他怎么办？他这么说，就是不想给你帮这个忙，这你还看不出来吗？"

刘唐愣住了。

关浩然来到了刘唐的跟前，压低声音继续说："都知道你和省里的关系，都知道你在北京有背景，可现在连徐厅、李局都回避你了，这你还看不出问题的严重性吗？你弟弟这次闯的祸太大了……"

刘唐打断他："不要拐弯抹角了，你想说什么，就直接说吧！"

关浩然说："这个案子已经是'省督办'了，如果你弟弟始终不能到案，公安部肯定会介入的。到那时，麻烦可就大了，刘总，听我一句劝，赶紧把你弟弟交出来！"

刘唐愣住了："你让我把我弟弟交出来？"

关浩然说："你这个弟弟也太不像话了，都这个岁数了，还整天打打杀杀！不要管他了……"

刘唐说："我是他哥，我必须要管他！"

关浩然说："可你现在已经管不了他了！这个案子已经'涉黑'了，如果你要继续管他，你也会受到牵连！"

刘唐说："不要他妈的吓唬我！"

关浩然说："我他妈的吓唬你干吗？"

刘唐火了："关浩然，你个小兔崽子，你就这么和我说话，是吗？"

关浩然也火了："刘唐，你说谁是小兔崽子？"

刘唐指着关浩然的鼻子："我就说你是小兔崽子！"

关浩然看着刘唐凶恶的目光，最终平静下来，但他还是冷冷地说："刘唐，面对现实吧，你们哥俩儿过去在老家有那么多的问题，光人命就有五六条……这些年，为了不让这些问题暴露出来，有多少朋友在为你们不停地擦屁股……"

刘唐听不下去了，他拿起身边的茶杯摔在了地上。

关浩然不再说话，愤怒地看着刘唐。

刘唐说："你看什么呀？关浩然，你给我坐下！"

关浩然不仅没坐下，反而拿起了手包，向门口走去。

刘唐说："你干吗？"

关浩然说:“不干吗，我回去。”

刘唐说:“你回去可以，但你不要忘了你是怎么来的！”

关浩然转身来到了刘唐的面前，问:“那你说我是怎么来的？”

刘唐说:“怎么来的，你忘了是吗？那你还记得，你过去在哪儿吗？”他指着关浩然的鼻子，“你还好意思和我提老家？过去你在老家只是个科长，你他妈的通过我才当上了局长。”

说着，刘唐又把一个茶杯摔在了地上。

【 15 】

关浩然从科长提拔到副局长确实是刘唐帮的忙，但这都是好多年前了。关浩然那之后又找过刘唐几次，希望通过刘唐再上个台阶。可刘唐找各种理由拒绝了。

刘唐内心对关浩然这类只知道通过“走后门”往上爬的干部是瞧不起的。他认为这种人不会有大出息。他对像李良、徐永年那种正派的干部，反而充满了好感和敬佩。

另外，刘唐到了省里之后，对市里像关浩然这种“处级”干部早已没了兴趣。

刘唐干的都是大事儿，他所接触的也都是大干部，他没时间也没精力再去关照关浩然这个级别的小人物。

这难免让关浩然对刘唐产生了不大不小的怨恨。

关浩然当面说的那些难听的话，让刘唐火冒三丈。在他接连摔了两个茶杯之后，就气哼哼地离开了关浩然的办公室。

关浩然虽然有些难堪，但也没太在乎。

刘唐走了，孙亚辉没走，他留下来继续说着关浩然："关局呀，不是我说你，你刚才对刘总有点过分了。既然刘总能让你当局长，他当然就能让你再当不成局长！"

关浩然依然嘴硬："孙总，不瞒您说，我就真的当不成局长了，我也没法帮你们。"

孙亚辉说："你这什么意思啊！"

关浩然说："我的意思刚才已经说得很清楚了。刘元干的这个案子太大了，别说我一个副局长，就算是局长、厅长，这个忙也没人敢帮你们。"

孙亚辉说："别人帮不帮无所谓，但关局这个忙，你不帮就说不过去了。"

关浩然说："孙总，不要为难我，我帮了你们，我就得进监狱！"

孙亚辉说："你不帮我们忙，你照样得进监狱！"

关浩然愣住了。

这么多年来，孙亚辉还是头一次和关浩然说得这么赤裸裸。

关浩然看着孙亚辉的眼睛问："老弟，你这是什么意思啊？"

孙亚辉说："我什么意思，你心里应该清楚啊！"

关浩然说："我不清楚。"

孙亚辉说："既然你不清楚，我就只好对不住了。"

孙亚辉拿出手机，调出几张照片，让关浩然看。

关浩然看完，好半天没说出话来。

【16】

先把干部拉下水，然后拍成照片用来威胁。刘唐这套伎俩，过去在益州没少干。

关浩然当了这么多年的警察，对刘唐这种人一直高度防范。刘唐的妹妹在益州有个高级会所，关浩然没有特殊情况，决不进去，即便进去，也最多吃口饭。他不进去唱歌，更不和那里的“公关”喝酒。

只有一次关浩然放松了警惕。

四年前，建设银行的彭雨找到关浩然。她说:“月底了，我没完成任务，你帮我单位存笔钱呗！”关浩然说:“行啊，我家还有一万块钱！”彭雨说:“你家的这一万块钱，你还是存在你自己家里吧。关哥，你认识那么多的有钱人，你就帮帮我吧！放心，我不会让你白帮的！”

彭雨话里的暧昧，让关浩然想入非非，于是，他给一个有钱人打了电话，帮彭雨存了一笔钱完成了任务。

彭雨说话算数，真没让关浩然白帮忙。她领着单位的两个美女，请关浩然喝了一顿大酒。

彭雨是建设银行的，那两个美女也是建设银行的。她们都是正经人呐!

关浩然喝酒时完全没多想。

也因为没多想，关浩然的酒里就被放了那种药。

人性本来就不能这样考验，加上这种药又是纯进口的……

酒还没喝完，关浩然就变成了机器人!

两个美女陪着关浩然在宾馆里折腾了整整一夜。

事后，关浩然感觉不对劲儿！

无非是帮着拉了一笔存款，建设银行就给自己这么大的回报？

事后，关浩然很认真地问彭雨："那两个女的，真是你们建设银行的吗？"

彭雨信誓旦旦地说："对呀，她们俩就是我们建设银行的！"

【 17 】

孙亚辉说："她们俩不是建设银行的！"

关浩然说："不是建设银行的，那是哪个银行的？"

孙亚辉说："哪个银行的都不是。"

孙亚辉拿出一张纸，递给关浩然："这是她俩的身份证，你可以用你们的电脑去查查。"

关浩然打开电脑查的时候，手就开始哆嗦。

公安系统的电脑储存着很多内部资料，真要是查到了什么，本身就是铁的证据啊！

果然，那两个女人的确哪个银行的都不是。她们是外地干那个的，已经三次被公安机关处理过。

关浩然合上电脑时，他的大脑似乎也被合上了。他小声地问孙亚辉："彭雨为什么要帮你们干这种事儿？"

孙亚辉说："关局，你不要多想。我让你看这些照片不是威胁你……"

关浩然说："这还不是威胁啊！我过去对你们不薄啊，干吗给我设这么大的局啊？"

关浩然说着，眼眶都湿润了。

孙亚辉说："关局，你别这样。你放心，我们决不会难为你，刘元这个案子，我知道你办不了，但你和我说说情况，这总还可以吧！"

"铁证"都被人握在手里了，关浩然只好有什么就说什么了。

关浩然先说了说基本情况：

"这个案子已经查得很明了了。聂树远出狱之后，威胁刘元。刘唐怕事儿闹大，就通过彭云河让刘元给聂树远拿一百万平事儿，但刘元气不过，结果让钱凯和吴立波把聂树远给杀了！"

孙亚辉问："吴立波和钱凯全都供认了，是吗？"

关浩然说："是。"

孙亚辉又问："现在有什么好办法吗？"

关浩然说："这就要看你们到底有多大能量了！这个案子不是一点机会都没有。"

孙亚辉兴奋起来："关局，那你就都告诉我吧！"

关浩然说："这个案子目前来说是有瑕疵的，比如彭云河作为中间人，他在调解时竟然从中吃了五十万，如果……"

孙亚辉着急了："别如果如果了，你直接说结果吧！"

关浩然咬了咬牙，说："彭云河都能从中吃钱，那么吴立波和钱凯难道……"他把声音压得很低很低，"你们可以一口咬定，刘元只是让他们俩去送钱，只不过他们俩见钱眼开……"

孙亚辉完全明白了，他握住关浩然的手，激动地说：“关局，你放心，刘总一定会重重感谢你！”

关浩然拿下孙亚辉的手，却十分冷淡：“感谢我就算了。孙总，这个案子实在是太大了，上面下面都得弄明白，特别是直接办案人苏岩……”

提起苏岩，孙亚辉笑道：“关局啊，苏岩你就放心吧，他是刘总最好的朋友！”

关浩然有些惊讶：“最好的朋友？我怎么不知道？”

孙亚辉说：“你不知道的多了！”

【18】

苏岩比刘唐小十来岁。刚上班时，苏岩是派出所的管片儿民警。刘唐的母亲住在派出所的辖区，苏岩对刘唐的母亲很照顾。当然了，苏岩那时是全省优秀民警，他对谁都很照顾。刘唐的母亲就没少在刘唐面前说苏岩的好话。

派出所当时很困难，要盖个棚子没钱。刘唐得知后主动找苏岩，赞助了五百块钱。当时刘唐还很穷，他是骑着一辆除了铃不响剩下哪儿都响的破自行车到派出所送的钱。

这让苏岩很感动，那之后一来二去，两个人就成了好朋友。

但随着刘唐迅速地从市里飞跃到省里，苏岩与刘唐却渐行渐远。

飞黄腾达后，很多人都来巴结刘唐，像苏岩这样不卑不亢的，反倒让刘唐更惦记。每次到益州，刘唐无论再忙也要抽时间见见苏岩。

刘唐在关浩然的办公室摔了两个茶杯之后，就让苏岩开车到局里接他。

苏岩接刘唐是开着自己的破广本，刘唐上了车，坐在副驾驶位置，脱了鞋，直接把脚放在了风挡下方。

苏岩说："你把脚拿下去，我这车是新刷的！"

刘唐说："你看你个熊样！车新刷的不也还是破车吗？"

苏岩说："破车怎么的，你不想坐，你下去。"

刘唐无可奈何地笑了。

苏岩这个德行经常让刘唐哭笑不得。

苏岩说："三更半夜的，你找我干吗？"

刘唐说："不干吗。我想你了！"

刘唐说得有点深情，这下苏岩笑了。

刘唐说："你笑什么呀？"

苏岩说："你刚才喝了？"

刘唐说："我喝个屁呀！到现在我他妈的连饭还没吃呢！"

【 19 】

苏岩把刘唐拉到一家新开的小吃店，两个人快吃完了，孙亚辉才匆匆赶来。孙亚辉和苏岩也相当熟。他坐下就开始大口吃肉大口喝酒，吃得满嘴流油时，才对苏岩说：“真他妈的好吃！”

苏岩说：“好吃，你就使劲吃儿！”

孙亚辉指着桌子，逗苏岩：“这都没了，我还怎么使劲吃啊！”

苏岩叫来服务员，让其把桌子上的菜一样再上一个。

孙亚辉说：“不用这么多。再上一盘就行。”

苏岩说：“都上。”

孙亚辉说：“都上吃不了。”

苏岩说：“吃不了，就摆在这儿，这不是好看嘛！”

孙亚辉和刘唐笑了，这是他们的打法。

刘唐对孙亚辉说：“你给苏大队省点儿，今天是他请客。”

孙亚辉对苏岩笑眯眯地说：“谢谢啊，每次回来，你都请我们！”

苏岩说：“客气什么呀，这没几个钱！”

孙亚辉说：“苏大队，给你提个意见，不能每次都让你请啊，下次一定得让我们……”

苏岩说：“得得得，你们太吓人，请我吃顿饭，好几万！”

刘唐说：“好几万就把你吓着了。你问孙总，上个礼拜，我们在省里请张景春那顿饭花多少钱！”

苏岩好奇地问：“多少钱呐？”

孙亚辉小声地说：“九十万。”

苏岩有点发蒙：“吃一顿饭要九十万？”

孙亚辉说：“当时有瓶酒没喝，喝的话九十万都不够。”

苏岩有点不信：“他妈的，九十万都吃什么呀？”

孙亚辉流利地说出了那天酒桌上吃的是什么菜，喝的是什么酒。苏岩虽然没吃过，但那些菜那些酒他是知道的。

孙亚辉说完菜说完酒，怕苏岩难为情，便指着桌子说："苏大队，说良心话啊，那顿饭就是为了装逼，其实一点都没有这个好吃。"

刘唐、孙亚辉每次回益州，苏岩都要请他们吃上一顿。刘唐、孙亚辉从不拒绝。他们在省里吃饭天天装逼，回到这么不装逼的小饭馆吃上一顿也真是内心所愿。

以往苏岩请吃饭纯粹就是请吃饭。苏岩没有目的，刘唐、孙亚辉也没有目的，但这次显然都不是了。

众目睽睽之下，刘元让人枪杀了聂树远等三人。这么大的案子，苏岩是办案人，刘唐又是刘元的哥哥！

这是无论如何要面对啊！

开始，刘唐没想找苏岩，他知道苏岩的性格。过去在派出所时，因为一个小小的嫖娼案，刘唐去说情，苏岩竟然拒绝了。苏岩这么不给面子，当时把刘唐羞得恨不能地板有条缝钻进去。

现在的刘唐更怕拒绝。如果苏岩再拒绝了自己，刘唐的这张大脸真的是无处可放了。

为了不尴尬，吃饭时，刘唐假装上厕所离开了房间。

刘唐不在跟前，孙亚辉便直截了当地恳求苏岩帮忙。

苏岩果然一口回绝："孙总，你不要难为我了，我没法帮你们，这次在光天化日之下，刘元下命令让人枪杀了聂树远……"

孙亚辉早有准备，他质问苏岩："你凭什么说，是刘元下的命令？你有证据吗？"

苏岩说："我当然有了。"

孙亚辉说:“你有个屁吧！关浩然都告诉我了！”

苏岩愣住了。

搞案子就怕被摸到了底牌。

苏岩有点不好意思:“虽然没有证据，但孙总，这都明摆着，这个案子肯定是刘元下的命令！”

孙亚辉说:“老弟，什么叫明摆着呀？这么多年了，我孙亚辉骗过你吗？苏大队，我可以向你发誓，刘元绝对绝对没有下达过这个命令。你想啊，真要是杀聂树远，刘元能这么笨吗？杀人咱们可以有一百种方法！扔进河里，埋到山里……刘元干吗要当众去杀人呐！”

苏岩说:“也是啊！”

孙亚辉说服人很有一套，他说:“就算刘元想杀聂树远，那他是不是也得问问他哥呀？假如真是刘元下的命令，这不等于……”

孙亚辉压低声音说:

“这不等于是刘唐下的命令吗？难道你认为这个案子与唐哥还有关吗？”

孙亚辉的话，让苏岩沉默起来。

刘唐进屋之后，苏岩还在沉默。

刘唐问苏岩:“你怎么了？”

苏岩认真地问刘唐:“唐哥，你能向我发个誓吗？”

刘唐说:“发什么誓呀？”

苏岩说:“这个案子真的与你无关吗？”

刘唐想了想，却说:“老弟，咱们不说这个了，走，我们去洗个澡吧！”

【 20 】

苏岩去结账时，孙亚辉对刘唐多少有些埋怨。

孙亚辉说："我刚才已经把苏岩都说服了。你向他发个誓又能怎么的，再说，这个案子本来就与你无关嘛！"

刘唐没解释为什么不向苏岩发誓，孙亚辉便不再往下说。

这么多年来，孙亚辉对刘唐始终是谨小慎微。凡是刘唐不想说的不想做的，孙亚辉都是点到而止。

去洗浴中心的路上，苏岩开着车拉着刘唐和孙亚辉。刘唐的奔驰轿车则紧紧地跟在后面。车里，他们都不再提有关杀人的案子。他们开始说起了别的。

刘唐说："苏大队，你也老大不小了，是不是该娶个媳妇儿了。"

苏岩说："我当然想娶了，可问题是得有人让我娶才行啊！"

刘唐说："让你娶的人不有的是啊！"

刘唐和孙亚辉都给苏岩介绍过，但苏岩都委婉地拒绝了。

苏岩过去有过刻骨铭心的感情，感情逝去后，苏岩便心灰意冷了。

刘唐说："苏岩同志，你对女人不能太认真。尤其你要娶回家给你生孩子的女人，你更不能认真，你要认真了，你就会患得患失。这样久了，女人真就可能离你而去！"

苏岩说："这是规律吗？"

刘唐说："不是规律，是铁律。"

孙亚辉也说："苏大队，对女人别太当真。现在的女人有几个重感情的？只要你有钱，什么样的女人都能跟你！”

苏岩说：“问题是，我就是没钱呐！”

孙亚辉说：“你不挺有钱嘛，你爸你妈不是给你攒了很多钱嘛！”

苏岩不想往下说了。

苏岩的父母的确没少给苏岩攒钱，老两口过去都在机关，为了给苏岩娶个好媳妇，早早地就都下海经商。

钱是没少挣，苏岩也没少给女人花，可到如今，花他钱的女人却嫁给了别人。

苏岩说：“他妈的，我等于是用父母的血汗钱，养肥了别人的老婆！”

【21】

刘唐对付女人可比苏岩强多了。除了一夜情之类，仅仅与刘唐在一起生活的女人就有四个。这四个女人不仅都给刘唐生了孩子，她们之间还能在一起和平相处。

刘唐让苏岩到洗浴中心明里是来洗澡，其实是想让苏岩看看他的女人和孩子！

洗浴中心顶楼有个巨大的VIP休息室。刘唐每次回益州都把这个休息室包下来，以便让女人和孩子们尽情玩耍。

刘唐来到休息室门前，推开门，就大声地喊：

“我胡汉三回来了！”

正在打闹的几个孩子向刘唐跑了过来。

他们全都大声地喊叫着："爸爸、爸爸、爸爸！"

刘唐则抱着、背着、笑着，喜悦之情洋溢在脸上。

苏岩进到房间里时，看到了刘唐的四个老婆。她们是朱飞燕、唐兰、周雪静和张雨。

四个老婆正全神贯注地打着麻将。

桌子上堆得到处都是钞票。

朱飞燕说："五万。"

唐兰说："碰。"

张雨说："哎哎哎，对不起，你碰不了，我上听了。"她从唐兰那儿把那个"五万"拿过来，放在了自己的牌里，高兴地说："扣听。"

周雪静抓完牌，又迅速地打出了一张五万，对唐兰说："给你，二姐。我这儿还有。"

唐兰说："谢谢。还得是我妹妹！"

张雨瞪着周雪静说："你是成心的，你宁可自己不和，也不让我和……"

这时，苏岩来到了他们的身边，朱飞燕、唐兰急忙放下了手里的牌。

朱飞燕说："呦，苏岩，你什么时候进来的？"

苏岩说："我才进来。"

唐兰说："来来来，苏岩，你坐我这儿打两把！"

苏岩说："二姐，你们快玩，你们这麻将太大，我打不了。"

唐兰说："有什么打不了，输了算我的，赢了你拿走。"

苏岩说："你们快玩儿，我站在旁边先学学！"

四个女人一边打着麻将一边和苏岩谈论着对象的话题。

朱飞燕说："苏岩啊，你现在找没找到对象呢？"

苏岩说："没找到啊！你帮忙给我介绍一下呗！"

唐兰急忙接过话："哎，苏岩我把我妹妹介绍给你呗！"

朱飞燕瞪着唐兰："你快行了吧，你妹妹长得比你还难看，苏岩能看上吗？"她对苏岩说，"她妹妹你就不要考虑了。我把我妹妹给你介绍介绍……"

朱飞燕没说完，张雨就开始挖苦她们俩："你们俩都快歇会儿吧，你们俩的妹妹都快赶上苏哥他妈的岁数了，你们还好意思给人家介绍……"

四个女人虽然能在一起打麻将，但她们也是面和心不和。

见张雨说出这么损的话，两个人立刻反击。

朱飞燕对张雨说："去去去，这里有你什么事儿呀！"

唐兰也对张雨说："你这个人说话真差劲儿，怪不得打麻将你回回输！"

在女人们因苏岩发生口角的时候，刘唐却躺在不远处的沙发上，与自己的孩子开心地聊着。

"爸爸，你刚才说，你是胡汉三回来了，你不是叫刘唐吗？"

"爸爸这么说，是个比喻！"

"什么叫比喻？"

"就是假装的。我刚才假装是胡汉三……"

"那胡汉三是谁呀？"

"他是电影里的一个人！"

"这个人是干吗的？"

"他是个地主。"

“什么是地主啊？地主是好人还是坏人？”

这个问题，刘唐想了好一会儿，才说：“地主不是人！”

【 22 】

郭子强过去曾经在特务连待过。从部队复原后，被刘唐选中当了自己的贴身保镖。

郭子强白白净净，在部队里那么艰苦的环境中也没被晒黑。这让他看起来不像个保镖，倒像个中学老师。

郭子强这样的自然也容易和孩子们相处。他抱来了一堆玩具，孩子们围着他哄抢着。郭子强一边发着玩具，一边给孩子们进行讲解。

孙亚辉也没闲着，他掏出一个个信封巧妙地塞进女人们的包里。

信封里装着银行卡，卡里存着数目可观的人民币。

四个老婆面和心不和，能够聚在一起主要是奔着银行卡来的。

刘唐虽然有的是钱，但他不会无限度地给女人花钱，每次都是够花就行。

当然了，女人永远没有够花的时候。为了得到足够的钱，女人们就得来聚会，就得围坐在一起打麻将。

这样其乐融融的景象，刘唐很享受。

巨大的休息室的北面，还有个单独的小休息室。

两个休息室中间有块很大的玻璃。通过玻璃能看到大房间里，孩子们在抢着玩具，女人们在打着麻将。

刘唐、孙亚辉、苏岩、郭子强坐在这个小休息室的沙发里，一边看着窗外的美景，一边慢慢地喝着茶。

苏岩对刘唐由衷地说："唐哥，全中国的男人我最服你！"

刘唐说："服我什么呀？"

苏岩说："四个老婆不仅和你离婚不离炕，完了还能在一起吃饭一起打麻将！"

苏岩竖起了大拇指："牛逼！"

刘唐说："苏岩呐，只要有钱，老婆都能离婚不离炕，这没什么可牛逼的，我真正牛逼的是他们……"

刘唐通过玻璃指着那些孩子："每当他们向我跑来扑进我怀里时，我就觉得我是世界上最牛逼的男人！"

刘唐说这番话的时候，表情极为严肃，这让屋子里的氛围变得有些庄重。而就在庄重的氛围里，刘唐又来到苏岩的跟前，表情更加严肃地说："刚才在车里，你不是要让我发个誓吗？那现在我就向你发个毒誓！"

刘唐指了指身边的郭子强和孙亚辉："我的这两个兄弟可以为我做证，如果这个案子与我有关，我和我的孩子们都不得好死！"

【23】

刘唐爱孩子远远超过自己的妻子，甚至是超过自己的母亲。他过去都不用母亲发誓，现在却用了自己的孩子，这种效果相当震憾。

孙亚辉都十分感慨："这么多年，我还是头一次看到唐哥用自己的孩子来发誓。"

苏岩也说："是啊，是啊！"

刘唐对苏岩发完这样的毒誓后，孙亚辉领着苏岩来到了汗蒸室继续对其进行真挚的劝说。

孙亚辉说："聂树远出狱后威胁刘元，刘元确实想过要把他干死。唐哥正因为怕刘元胡来，才通过彭云河给聂树远拿一百万去平事儿嘛！你们已经查清了吧！彭云河这个王八蛋，作为中间人，他去调解时竟然从中要吃掉五十万，苏岩，你告诉我，这是不是事实？"

苏岩说："是事实。"

孙亚辉说："送钱的时候，吴立波和钱凯他们俩那么年轻又刚刚吸完毒品，由此见钱眼开去杀人抢钱，这有没有可能也是事实？"

苏岩说："有可能。"

孙亚辉说："既然有可能，那你为什么就不能帮帮我们？"

苏岩说："不是我不帮你们，这个案子太大了……"

孙亚辉说："正因为大，苏岩，你作为唐哥最好的朋友，在这关键时刻，你是不是更应该帮帮他？"

苏岩说："是应该帮他，但是……"

孙亚辉说："别但是了，你作为办案人，就算你不想帮忙，那你是不是也得要尊重事实去依法办案呐？"

苏岩说："那当然。"

孙亚辉说："那你告诉我，你们现在有直接证据能够证明是刘元下了杀人的命令吗？"

苏岩说:“那没有。”

孙亚辉说:“既然没有,苏岩呐,我劝你就不要坚持了,行吗?”

苏岩说:“唐哥都用孩子向我发毒誓了,我不行也得行了。”

【 24 】

过去刘唐回益州都坐着宾利之类,那时,他还没有如日中天,他需要坐着高级的轿车,需要前呼后拥来抬高自己。最近这些年,刘唐低调多了,回益州,他让司机开的是那辆老款奔驰 S320。

开着低调的车回益州,但效果反而更高调。益州有权有势的都认识这辆车,看到这辆车就仿佛看到了他们祖宗一样。问候的电话、短信,不停地响起。

刘唐每次回来,想见他的、想请他吃饭的都能排成队。

但这次血案发生后,刘唐的这辆老款奔驰车再出现在益州的街头时,电话、短信明显少多了。

孙亚辉坐在奔驰车里对郭子强很生气地说:“看没看见,现在的人多他妈的势利,都以为唐哥这次要有麻烦了。”

郭子强却说:“孙总,那唐哥这次到底有没有麻烦呐?我看唐哥这次回来,脸色一点都不好。”

孙亚辉说:“放心吧,子强,唐哥一点麻烦都不会有的。”

郭子强说:“你能确定吗?”

孙亚辉说："当然能确定了。"

两个人敢这样议论刘唐是因为刘唐没在这辆奔驰车里。

出了洗浴中心，刘唐就上了苏岩的那辆破广本。当时，孙亚辉犹豫是否跟着一块上去时，刘唐说："孙总，你去坐子强的车。"孙亚辉就明白刘唐想要和苏岩单独谈点什么了。

苏岩拉着刘唐在前面走，郭子强拉着孙亚辉在后面跟着。

在苏岩明确答应帮忙之后，孙亚辉的心情好多了，连他自己都没想到，这么大的案子眼瞅着就要躲过去了。

孙亚辉的心情好，刘唐的心情更好。

苏岩答应帮自己，不仅能让自己渡过眼前的难关，更重要的是，刘唐与苏岩的友谊从此可以进入到更高层次。

这些年，刘唐之所以每次回来都要见见苏岩，除了友谊外，更主要的是利益！

如果苏岩能够想开，进入到刘唐的圈子里，刘唐认为，苏岩的作用决不在孙亚辉之下。

苏岩是个人才，这一点，刘唐坚信不疑。既然苏岩答应帮自己，刘唐准备从现在起尽快帮苏岩进入到更高的层次。

苏岩开着车向滨江花园走的途中，刘唐就开始问苏岩："你现在怎么还是个副科呀？"

苏岩说："我本来就是副科呀。"

刘唐说："你不是大队长吗？大队长不都是正科吗？"

苏岩说："大队长只是这么叫，我其实是副大队长主持工作。"

刘唐说："你们公安局有点太欺负人了呗，你这么能干，到现在你他妈的才是副科，我帮帮你吧！”

苏岩说：“你想怎么帮啊？”

刘唐说：“我帮你整个副处，提个支队长怎么样？”

苏岩笑了。

刘唐说：“你笑什么，不相信是吗？”

苏岩说：“我相信，都说你是省委第二组织部长！”

刘唐说：“省委第二组织部长又能怎么的？你也从来不让我帮你，这次求求你，就让我帮你一次，怎么样？”

苏岩心动了，他想了想，说：“副处就算了，给我提个正科就行。我们市里不像省里，从副科提副处，不可能……”

刘唐说：“苏岩，你还不了解我吗，我刘唐最大的快乐就是把不可能变成可能。”

在市里把副科直接提副处，只能是破格提拔。这对苏岩来说，简直就是巨大的飞跃。

苏岩对刘唐真得好好表示表示。

苏岩对刘唐说：“我去给刘元采个笔录吧，但你要告诉刘元千万不要乱说。”

刘唐说：“放心吧，老弟，刘元保证不会乱说，这个案子让你费心了。”

苏岩说：“唐哥，你不能完全指着我，我这一块儿呢帮你没问题，但案子这么大，光靠我一个人肯定不行，市局、省厅，你还得托人……”

刘唐说：“市局、省厅那儿，你就不用操心了！只要在你这儿能证明案子和刘元没关，其他的，我去想办法。”

【 25 】

苏岩和刘唐过去关系好，但和刘元的关系一般。刘元知道苏岩不好惹，就一直躲着苏岩。好在苏岩当时在派出所，刘元干的案子大都是刑事，两个人属于井水不犯河水。

苏岩到市局负责命案的这几年，刘元还真比较老实，所以，两个人的关系也算过得去。

因为哥哥刘唐始终高看苏岩，弟弟刘元对苏岩每次见面也都客客气气。

所以，苏岩来给刘元采证言笔录时，刘元主动给苏岩点烟、倒茶，气氛倒也融洽。

刘元说："聂树远出狱之后好几次和别人说要干死我，我真是气坏了。苏哥，你知道我的脾气，我当时也真想把他干死。"

苏岩说："那你当时确实有这个想法？"

刘元说："想法确实有。但苏哥，我得问你一下啊，有想法也算犯罪吗？"

苏岩说："有想法不能算犯罪。"

刘元说："既然不算，那我就放心了。"

刘元说的似乎是掏心掏肺，其实，这都是孙亚辉在这之前一句一句教的。

苏岩说："钱凯、吴立波是你们公司的保安，对吗？"

刘元说："对呀。我让他们俩去送钱，谁承想，他们俩却把人给杀了。"

苏岩说："你让他们俩送的是什么钱？"

刘元说："聂树远不是到处扬言要杀我嘛，他其实是在吹牛逼，他的目的就是想讹我两个钱儿。我不想和他一般见识，就让钱凯和吴立波给他送了一百万，但让我万万没想到的是，钱凯、吴立波见钱眼开，他们俩竟然把聂树远给杀了。"

【 26 】

苏岩和刘元在友好的气氛中，认真而愉快地进行一问一答。

苏岩给刘元采笔录的地点是滨江花园罗兰阁 2 单元 10B。

这套房子是 160 平米，苏岩给刘元做笔录是在主卧里。

为了不影响他们，刘唐和孙亚辉就在客厅里，一边喝茶一边研究下步该怎么办。

孙亚辉说："送给聂树远的那一百万，开始不是你的主意吗，我让刘元说是他的主意，这样呢，案子和你就更没关系了，要不然，还得给你做个笔录，怪麻烦的！"

刘唐说："孙总，谢谢，让你费心了啊！"

孙亚辉笑了："咱俩你还客气什么呀，这不都是我应该做的嘛！"

刘唐和孙亚辉的心情都很好。

苏岩做了刘元的笔录，就能证明杀人案与刘元无关。只要与刘元无关，当然就与刘唐更无关了。

最后通过关系做做钱凯和吴立波的工作，让他们俩把事情整个背下来，案子也就算结了。

刘唐说："这样看来，我都不用去找省里了，市里就够了。"

孙亚辉说："甚至市里你都不用找，局里我看就够了。"

刘唐说："真的吗？"

孙亚辉说："苏岩是直接办案人，他的意见最重要。他拿出意见后，加上关浩然的认可，我们把这个结论直接拿给局长李良，你说，李良还能和我们过不去吗？"

刘唐说："对呀，看起来，这么大的案子，我们不用花钱，都能给办了。"

孙亚辉说："这个案子，如果不是苏岩这么帮忙，我估计即便花钱，也够呛能办好。"

刘唐说："那是那是。孙总，你放心，我已经答应苏岩，帮他提副处了。"

孙亚辉说："提副处干吗呀，提副厅得了，把他直接调到公安厅……"

刘唐说："我真有这个打算，但孙总，这些话，你先别告诉苏岩，咱们得慢慢来，明白吗？"

孙亚辉说："我明白。"

两个人聊得差不多的时候，刘唐忽然想起件事儿，他说："孙总，你现在是不是得给关浩然打个电话，把情况和他说说呀。"

孙亚辉说："现在说是不是早了点儿呀，等苏岩给刘元做完笔录再打呗……"

刘唐说："还是现在打吧，你问问关浩然做这个笔录有没有什么要注意的。"

孙亚辉说:“那好!”

孙亚辉拿出手机,拨通了关浩然的电话。电话通了之后,孙亚辉客气地问:“关局,睡了吗?”

关浩然打着哈欠说:“睡了。”

孙亚辉说:“把你吵醒了吧!”

关浩然从孙亚辉的语气当中听出了喜悦,他问:“有什么好消息要告诉我吗?”

孙亚辉说:“当然了,我告诉你啊,苏岩已经答应帮我们了,他正在给刘元做笔录呢!”

关浩然问:“苏岩在给刘元做笔录?”

孙亚辉说:“对呀。你不说只要证明刘元与这个案子无关……”

关浩然又问:“苏岩是在哪儿给刘元做的笔录?是在公安局吗?”

孙亚辉说:“不在公安局,在一个秘密的地方……”

关浩然说:“苏岩和谁去做的笔录?”

孙亚辉说:“就他自己啊!”

关浩然急切地说:“做笔录至少要两名干警,苏岩很可能是在骗你们!”

孙亚辉吓了一跳:“骗我们?不可能吧!”

孙亚辉放下电话就去敲主卧的门。

这时主卧的门已经在里面被反锁上了。

孙亚辉说:“苏岩,你把门打开。”

苏岩在里面说:“怎么了?我在做笔录呢!”

苏岩的语气明显与刚才不一样了。

刘唐也觉得出了问题，他摆了摆手，郭子强急忙来到了主卧前，三个人正准备破门而入时，客厅的房门却被猛地撞开了。

全副武装的特警冲了进来。

【 27 】

刘元戴着头套、戴着手铐被特警押进了越野车里。

越野车离开了好一会儿，苏岩才走到自己的那辆破广本前，把车门打开。

刘唐、孙亚辉、郭子强就站在身后，这个时候，苏岩很想转身和刘唐说几句话，但此时此刻他还能说什么呢?

苏岩临上车前，回头凝视着刘唐好一会儿，才说:“唐哥，对不起了！”

刘唐仿佛没听见，他如同雕像一般静静地伫立在黑夜里。

苏岩最终很无奈地上了自己的轿车。

轿车在充满敌视的目光中，渐渐地消失在黎明前的夜色中。

CHAPTER 2 | 第二章

【 1 】

局长李良对苏岩刮目相看。

这之前，李良对苏岩多少是有些看法的。

李良到益州担任局长后，为了改变益州的治安面貌，他提拔重用了一批干部。苏岩是其中之一。

苏岩之所以能以副科主持一大队工作，也是李良准备把苏岩提为正科奠定基础。但有件事儿，让李良对苏岩产生了芥蒂。

刘唐在省里宴请李良时，把厅长搬出来震慑自己，这让李良产生了抵触。而在那次酒宴中，刘唐又对苏岩这么一个副科级干部进行了大加的赞赏。

这让李良对苏岩也产生了抵触。

特大杀人案发生后，由于可能涉及刘唐，李良对苏岩主办这起案件，是有顾虑的。

就连案发后苏岩能迅速地抓到了钱凯和吴立波，都让李良产生了怀疑。

干过一线的警察都有这样的职业病，有时连自己的亲人都怀疑。

李良甚至怀疑是不是苏岩与刘唐达成了某种协议。

事后，苏岩问李良："你为什么要那样怀疑我？"

李良说："你和刘唐的关系让我不得不怀疑啊！我认为，你那么快把钱凯和吴立波给抓住了，其目的，是为了保护刘元。"

苏岩说："如果我不能把刘元抓住，那这个黑锅，我就得背上了。"

李良说："其实，我压根儿就没指着你能把刘元抓住。"

如果抓不到刘元，案子很难进行下一步的审理。

这种黑吃黑的案子，大家都在观望。抓了刘元能立刻起到巨大的震慑作用。如果案子真的只是把钱凯、吴立波当作主犯处理了，社会治安恐怕将要进入新的恶性循环。

对此，市局、省厅全都深知，所以，抓刘元是这个案子的关键所在。

担心苏岩可能会去包庇刘元，除苏岩的大案队外，李良动用了几乎全部力量去调查。

但查来查去，有关刘元的藏身之处，却毫无线索。

苏岩说："刘元藏的这个房子不是刘元的名，也不是刘唐的名，是一个与刘家毫无相关的人名。按照我们固有的找法，可能永远都找不到刘元。"

李良说："正因为找不到刘元，所以，你才决定去骗刘唐，对吗？"

苏岩心里一阵难过："我开始真没打算去骗刘唐，这么多年，我从来没骗过他！可是……如果这次不骗他，我们可能就永远抓不到刘元了……"

李良说："为了抓到刘元，你把最珍贵的友谊都放弃了！苏岩呐，难为你了。"

【2】

这可不仅仅是难为苏岩了。

抓完刘元之后，苏岩感到浑身发热，他把自己浸泡在冰冷的水里都不行。

苏岩六次拨打刘唐的电话，但六次都被刘唐挂断。

苏岩渴望刘唐能狠狠地骂自己，可刘唐并不给他这个机会。

【3】

苏岩内疚得要命。

刘唐伤心得要命。

刘唐无论如何想不到苏岩会骗自己！如果苏岩不想帮他，拒绝不就完了？苏岩又不是没拒绝过自己！

其实，被苏岩拒绝，刘唐都受不了。现在被苏岩如此欺骗，刘唐好长时间都没缓过来，他真想找到苏岩好好问问：

你干吗要这样骗我？！

【 4 】

孙亚辉说:“苏岩这个王八蛋玩意儿，为了让我们相信他，还假装故意让故意刘总给他提个副处……真是知人知面难知心呐！”

关浩然却十分理解苏岩:“你不要怪苏岩了。他这么骗你们也是没办法！”

孙亚辉说:“你这是什么意思？”

关浩然说:“刘元让人在众目睽睽之下连杀三人，知道吗？你们他妈的这等于是骑在警察头上拉屎，如果不把刘元抓住，全中国的警察都得把我们骂死，所以，苏岩为了抓刘元去骗你们太正常了……”

孙亚辉说:“那你是不是也在骗我们？”

关浩然说:“如果我的把柄不在你们手里，我也照样骗你们。”

关浩然这样讲话，孙亚辉很生气，但他没表现出来。

孙亚辉说:“关局，你千万别多想，那些照片真的只是吓唬吓唬你，我们都这么多年了，我们真的不会去害你。”

刘元被抓起来之后，刘唐、孙亚辉的心里着了火。他们现在只能找关浩然来救火。

孙亚辉虔诚地问关浩然:“你看现在我们该怎么办？”

关浩然说:“一点办法都没有了。”

孙亚辉不相信:“真的一点办法都没有了吗？你是副局长啊！你能不能下个命令把刘元先放回来！”

关浩然说:“公安局历来是抓人容易，放人难。警察可以装糊涂不去抓刘元，但警察绝对没胆量去放刘元。现在放刘元别说是我，连李局长恐怕也没这个权力了，这个案子已经是‘厅督办’了……”

孙亚辉害怕了，他只好再次拿出威胁的口吻：“关局，你这么说，是不是不打算帮我们了？”

关浩然说：“不是我不打算帮你们，而是我已经没有能力再帮你们了。”

孙亚辉说：“关局，你别这样……”

关浩然说：“我只能这样了。孙总啊，你不用再劝我了，你回去告诉刘唐吧，就算你们让我身败名裂，就算你们让我进了监狱，这次我也真没法再帮你们了！”

【 5 】

关浩然说的都是实情，这么大的案子，一个副局长确实没权力帮这么大的忙。

刘唐只好给局长李良打电话：“李局，听说你们把我弟弟抓起来了？”

李良说：“是的，是一大队抓的。”

刘唐说：“因为什么呀？”

李良说：“今晚是统一行动，抓的不止你弟弟一个人……”

刘唐说：“那我弟弟……”

李良说：“刘总，是这样，有人举报你弟弟吸毒！”

兴师动众，去了那么多全副武装的特警，仅仅是为了抓一个吸毒的！

刘唐说："这纯粹是胡扯。"

李良说："刘总，你别生气。这样，我查查，如果没大的问题呢，我想办法先把你弟弟放出来！"

刘元怎么可能没大的问题？

李良这样答应等于是空头支票！

刘唐放下李良的电话又给市里其他领导打电话，其他领导的表态也都差不多："公安局刚刚把你弟弟抓来，我现在就过问不好，你看这样好不好，等公安局向我汇报时，我再……"

等公安局汇报时，黄瓜菜都凉了。

刘唐、孙亚辉最初以为在局里就能把这个案子摆平，现在看来市里也摆不平了。

刘唐想到省里去找徐永年。

孙亚辉说："找徐永年没用。"

刘唐说："我知道找他没用，但找他我们最低能摸摸公安厅的态度。"

孙亚辉说："公安厅的态度，现在我就可以告诉你！"他把关浩然说的那些话告诉了刘唐：

"刘元让人在众目睽睽之下，连杀三人，知道吗？你们他妈的这等于是骑在警察头上拉屎，如果不把刘元抓住，全中国的警察都得把我们骂死！"

刘唐听完也说："怪不得为了把刘元抓住，苏岩都能骗我！"

孙亚辉说："是啊是啊，现在不能再指着警察帮我们了，必须要找可靠的人！"

刘唐说："那我们只能去找张景春了。"

【6】

很多年前，涉税案尚未移交公安管辖时，刘唐因为偷税被检察院盯上了。刘唐通过很硬的关系找到了王检，王检却向其透露说：“你应该去找找张景春。”

刘唐说：“我和张景春不认识啊！”

王检说：“张景春现在很想认识你！”

刘唐说：“张景春为了认识我，就先要来查我？”

王检说：“不查你，你能重视张景春吗？”

于是，刘唐找了张景春。但找了张景春，张景春依然继续查刘唐。

刘唐和孙亚辉私下研究张景春。

刘唐说：“前前后后我们给张景春没少送啊，他对我怎么还是阴一套阳一套？”

孙亚辉说：“我接触了这么多的领导干部，张景春这样的，我还头一次见到。”

刘唐说：“张景春要是再和我过不去，我就去举报他！”

孙亚辉不同意：“我们刚来省里，如果现在把张景春举报了，其他领导会怎么看我们？”

刘唐说：“其他领导对张景春也有很大意见，我们去举报他，会大快人心的。”

孙亚辉说：“那我们就更不要举报他了。张景春这样的早晚会出事儿，我们用不着去得罪人！”

刘唐觉得孙亚辉说的有道理。于是，他们就等着张景春出事儿。

可张景春不仅没出事儿还当上了握有实权的副省长，这让刘唐和孙亚辉很焦虑。

刘唐说："张景春如果再找我们麻烦，可怎么办？"

孙亚辉说："要不和他去拉拉关系吧！"

刘唐说："怎么拉呀？"

孙亚辉说："不行给他找个女人？"

刘唐说："张景春这么大的领导会喜欢女人吗？"

孙亚辉说："试试呗！"

刘唐打电话请张景春吃饭。

张景春说："我没时间，你有什么事儿电话里说吧！"

刘唐说："我要投资拍个电视剧，有几个演员，我拿不准，希望你能给我出个主意。"

张景春说："那好吧！"

张景春对一个过气的女演员似乎是情有独钟。孙亚辉通过影视圈的朋友，找到了这个女演员。

虽然早就没作品了，但这个女演员却很骄傲。孙亚辉给她开出了天价，可她就是不答应。她义正词严地说："我是演员，不是妓女。"

还是影视圈的朋友给孙亚辉出了个主意。

孙亚辉通过关系用了很少的钱为女演员挖来一个不太重要的角色后，女演员马上答应了孙亚辉。

女演员说："我虽然不是妓女，但我可以为艺术献身！"

女演员搞定之后，为了让酒桌上气氛热烈些，孙亚辉又找来了几个当地艺术学院的学生。

刘唐说:“我们要拍的是电视剧，你找学生不像啊，你再去找几个演员。”

孙亚辉说:“时间太紧了，不好找。反正这几个学生是给那个女演员做陪衬，张景春就算知道了也不会怪罪我们。”

吃饭的时候，张景春不仅没怪罪，反而对一个女学生产生了兴趣。这让那个女演员很恼火。

事后女演员质问孙亚辉:“你干吗还找别人？”

孙亚辉说:“我找别人你管得着吗？”

张景春对女演员失去了兴趣，自然孙亚辉也对女演员失去了兴趣。

眼见答应让自己演的角色泡汤了，女演员和孙亚辉喊了起来:

“你们这群流氓，我大老远来就是为了陪你们喝酒吗？”

女演员可能是搞过话剧，嗓音很响亮。

当时他们是在会所的走廊里，孙亚辉怕影响不好，就给郭子强使了一个眼色。

郭子强掐住了女演员的脖子，将其带到了会所小姐们的房间里。

房间里乱七八糟。

地上到处是避孕套等物品。

女演员差点吐出来。

郭子强对她说:“你要是再敢对孙先生不敬，就把你留在这儿！”

女演员再看见孙亚辉的时候，态度完全变了。

女演员毕恭毕敬地说:“我错了，孙总。”

孙亚辉逗她说:“不要叫我孙总。”

女演员说:“那我叫您什么?”

孙亚辉说:“你要叫我孙老师。”

第二天郭子强送女演员去飞机场，女演员还小声地问郭子强说:“先生，你们是干什么的?”

郭子强只好说:“我们是开学校的!”

【7】

为了弟弟刘元的案子，刘唐见张景春没带孙亚辉，带的是张雨。张雨是刘唐四个老婆其中之一。重要场合，刘唐都愿意带着张雨来。

张雨与张景春的老婆很熟，带着张雨能让会面变得轻松。

张景春的老婆喜欢打麻将，吃饭前，打一场惊心动魄的麻将已成惯例。

刘唐喜欢赌也善于赌，凭他的水平能把张景春夫妇赢得找不着北。

但刘唐从来没赢过。

当然了，在这样的牌局上不能故意把钱输给张景春，那也显得太没水平了。

既让张景春夫妇赢了钱，还得让张景春夫妇觉得是自己水平高，这需要更高水平!

为了产生这样的效果，开始和张景春夫妇打麻将，刘唐和张雨都得事先演练。

打完麻将吃完饭，张景春的老婆和张雨约了两个富婆继续打麻将。

刘唐和张景春则到幽静的茶室，去进行重要的谈话。

刘唐开始没说弟弟刘元的事儿，他和张景春先说矿。为此，他拿来很多资料，让张景春看。

但张景春却说：“你今天找我是为你弟弟的事儿吧？”

刘唐只好说：“是。”

益州发生了好莱坞枪战大片，刘唐的弟弟被公安机关抓起来，已经传遍全省。

张景春说：“真是你弟弟干的吗？”

刘唐说：“不是，公安局抓错人了。”

张景春说：“不会吧！你在益州那么久，公安局抓错别人，应该不会抓错你弟弟吧？”

刘唐说：“张省长，你有所不知啊，新来的这个局长，是徐厅的人，徐厅看不上我，他们这是想借机来整我……”

张景春说：“你是省政协常委，他们干吗要整你啊？实话说吧，见你之前，我已经向有关部门问了。公安机关抓错你弟弟的可能性是不存在的。”

还没等求张景春，张景春就先给定调了。刘唐心里十分不安。

张景春说：“如果真是你弟弟干的，这么大的案子，刘总，我建议你就不要再活动了。”

刘唐说：“为什么？”

张景春说：“你如果去活动，搞不好你也有可能被牵扯进来。”

刘唐说：“张省长，你听到什么传言了？”

张景春说：“我没有听到什么传言，你不要多想，我只是想你能够正确面对。”

刘唐说：“我面对什么呀？”

张景春说：“如果那个案子真是你弟弟干的，那就让他去接受法律的制裁吧！”

【8】

张景春的态度让刘唐格外不满。

刘唐说：“现在应该给张景春来点颜色。”

孙亚辉说：“给他来点什么颜色？”

刘唐说：“让他看看那些视频！”

张景春喜欢上了那个艺校的女学生，让刘唐有了可乘之机，他让妹妹在会所里帮他再物色一个。

刘唐的妹妹在会所里还真发现了一个。她叫柳风铃，是北京某艺校的学生。她到会所里不卖身，只想利用假期坐台挣点学费。

刘唐让孙亚辉直接去劝说柳风铃。

柳风铃说：“那种事儿我不干。”

孙亚辉说：“你不干，就把你在会所里坐台的视频，放到网上。”

柳风铃开始嘴还挺硬：“愿意放你就放，反正我只是坐台。”

孙亚辉当面放了一段柳风铃陪着客人跳舞的视频。视频里尽管柳风铃很规矩，但其他小姐都把乳房给露了出来。

孙亚辉指着视频里的柳风铃，说："这要是放在网上，大家谁会认为你只坐台不出台？"

柳风铃害怕了，她将来还要搞艺术呢。

孙亚辉说："你来我们这儿不就是为了钱吗？只要你答应我们，我们可以给你很多很多的钱。"

柳风铃最终屈服了。

由于被握住了把柄，柳风铃只能任人摆布。她虽然是搞艺术的，但毕竟在会所里待过，所以，除了懂艺术，她还懂风情。

这让张景春对柳风铃格外喜欢。

刘唐对孙亚辉说："把柳风铃陪客人的视频放给张景春看看。"

孙亚辉说："干吗呀？"

刘唐说："让张景春知道柳风铃是小姐！"

孙亚辉说："不妥。"

刘唐说："没什么可不妥的，如果张景春还不帮忙，就把他和柳风铃鬼混的视频放给他看。"

孙亚辉说："刘总，你要冷静。"

刘唐说："火烧屁股了，我没法冷静。"

孙亚辉说："我们用这样的视频去威胁张景春的目的，是为了救出刘元，可刘总你现在要搞清楚，张景春有能力救出刘元吗？"

孙亚辉还用关浩然作为例子，对刘唐说："老关最后哭着告诉我，'就算你们让我身败名裂，就算你们让我进了监狱，这次我也真没法再帮你们了！'张景春在省里的角色其实和关浩然差不多，他不分管政法，就算张景春答应帮你，他也没这个能力啊。”

孙亚辉有理有据的劝说，让刘唐终于冷静下来。

刘唐说：“如果不让张景春帮我们，那省里就没人会帮我们了。”

孙亚辉说：“既然没人帮我们了，那我们只能面对现实了。”

刘唐说：“你这什么意思？”

孙亚辉说：“就按张景春说的意思去办吧，我们不要再管刘元了，让刘元去接受法律的制裁吧！”

刘唐没说话，却把茶杯摔在了地上。

【9】

很多年前，刘唐用刀把人捅了。刘唐与弟弟刘元比起来不太善于打打杀杀，所以当看见一个男人躺在血泊里时，顿时浑身发软。

刘元见状，对刘唐说：“你别看了赶紧走，等警察来了，我就说是我干的。”

刘唐说：“不行。”

刘元说：“有什么可不行的？”

刘唐说：“我不能让你替我去进监狱。”

刘元说：“进就进呗，我进了监狱，你再把我捞出来。”

【 10 】

客机穿行在云海中。

刘唐坐在头等舱里凝视着窗外时，问旁边的孙亚辉："我弟弟替我蹲监狱一共是多长时间？"

孙亚辉说："967 天。"

刘唐说："你怎么会记得这么清楚？"

孙亚辉说："你和我说好多遍了。"

刘唐的眼眶湿润了，他动情地说："孙总啊，说什么也要把我弟弟救出来。"

刘唐的眼泪却没有感动孙亚辉，孙亚辉对刘唐太了解了。

刘唐总是表里不一。刘唐不顾一切地救自己的弟弟，决非仅仅是因为手足之情。

【 11 】

邹林是某首长的公子。他本人虽然不是领导，也没有大的公司，但他在政、商两界的影响却非同小可。

邹林曾在省里花二百万买下了一个旅游项目。但这个项目不赚钱，邹林就想把它卖掉，当时对外报价是一千万。

一个不挣钱的项目还要以五倍价格卖出，只有脑袋进水的人才会买。

但刘唐找到邹林直接给出了两千万的天价。

邹林说："你干吗要给我这么多钱？"

刘唐说："我不想骗你，这个项目将来一定会赚大钱，我要把将来挣的钱，先给你！"

刘唐买下了这个烂项目，虽然在钱上吃了"大亏"，但却赢得了邹林的深情厚意！那之后，刘唐不仅通过邹林挣了无数的钱，更重要的，利用邹林的资源，刘唐在省里的政界如鱼得水。各路官员争先恐后前来巴结，以至私下刘唐被称为省委第二组织部长。

有了钱有了权之后，刘唐对邹林更是不忘初心。凡是合作、合伙的项目，刘唐都是首先充分满足邹林的"欲望"。

而这样一来，也让邹林更加喜欢刘唐。

刘唐对孙亚辉说："这些年，我还从来没有为了我个人的事儿求过邹林！"

孙亚辉说："那你这次是想求邹林救刘元了？"

刘唐说："是的。"

孙亚辉说："如果邹林拒绝你怎么办？"

刘唐说："邹林不会拒绝的。"

【 12 】

刘唐到北京的当天晚上，邹林就请刘唐吃饭。

吃饭的时候，刘唐没直接说刘元的事儿，而是先说了他们正在合作的项目，这个项目是在省里准备低价买下一个铅锌矿。

刘唐描绘了买下这个铅锌矿能为邹林获取多少多少利润之后，才无意中提到弟弟刘元的案子。

这么大的案子，刘唐说得轻描淡写。

邹林最近没去省里，对这个案子也确实不了解。见刘唐说得那么轻巧，也没往心里去。

刘唐最后信誓旦旦地说："邹先生，我向你保证，这个案子，百分之百和我弟弟没关系……"

邹林这才有些怀疑："既然没关系，那警察为什么要抓你弟弟？"

刘唐说："抓我弟弟是因为省厅和市局现在都很缺钱！"

邹林说："缺钱！缺什么钱？"

刘唐说："市局要给干警盖家属楼缺钱，省厅上了套设备，也缺钱……"

邹林火了："他们缺钱难道就以这种方式向你要，这还是人民警察吗？”

刘唐说：“邹先生，您别生气。人民警察现在也不容易，他们要就要吧……”

邹林问：“他们一共要多少啊？”

刘唐说：“他们一共要两个亿。”

邹林说：“两个亿？”他扔下了筷子，不满道，“太不像话了，这我得告诉我父亲。”

刘唐却不想惊动邹林的父亲：“邹先生，是这样，如果你父亲知道了这件事儿，省里会很被动。我呢，今后和他们见面会很尴尬。所以，我觉得，你和你父亲的秘书说说，就已经足够了。”

邹林理解刘唐：“你不想把事儿弄得太大，是吗？”

刘唐说：“是的。”他拿出一张银行卡，放在了邹林的面前：“省厅、市局要的那两个亿呢，我照样给，只要他们今后不再麻烦我弟弟就行了。”

邹林看了看桌子上的银行卡，明白刘唐的用意，他说：“既然这样，那我就让王秘书打电话帮你过问一下吧。”

【 13 】

王秘书说：“这个电话，我不能打。”

邹林十分不解：“为什么？你给省公安厅打就行。”

王秘书戴着眼镜，透着一脸的精明。

像刘唐和邹林说的一样，邹林和王秘书说起刘元的案子时，同样是轻描淡写，可王秘书没有在轻描淡写地听。

王秘书见邹林之前已经打了电话，但电话没有打给省公安厅。他有自己强大的关系网，仅仅半天的工夫，关系网就把王秘书想要知道的就全都搞清了。

王秘书问邹林："刘唐这个人你了解吗？"

邹林说："我了解啊！"

王秘书说："你是怎么了解的啊？"

王秘书的态度让邹林心里打起了鼓。他小心翼翼地问王秘书："到底怎么了？刘唐这个人……"

王秘书说："刘唐这个人有问题！"

【 14 】

刘唐的问题几年前就被发现了。

盛唐集团在省里竞标一段高速公路的建设。当时有好几家单位参标，盛唐的资质不过硬，竞标时把握不大。怕拿不到工程，刘唐就让郭子强把这件事儿办办。

以往这些事儿都是孙亚辉往下布置。

刘唐当时喝完酒又赶上赌球没少输，心情不好，没想那么多。

郭子强见这次是刘唐亲自交办，就让保安队长派刘庆平去。

刘庆平一直想好好表现，现在有了机会便格外卖力。

刘唐对郭子强说：“谁要是敢和我们争着举手，就把谁的手剁下来。”

过去在市里，刘唐这么说过，他说的是实话，可现在到省里了，刘唐这么说就有吹牛的成分。这件事儿如果孙亚辉往下布置，肯定会详细地交代说：“可以见血，但不能真的去剁手。”

刘庆平没接到这样的具体指示，他把吴宽堵在了卫生间里，掏出刀就真的去剁。

孙亚辉吓坏了，刘唐也吓坏了。

好在剁手是剁手了，手没有完全被剁下来。到北京到上海花了不少钱最终算是把吴宽的手又连在了胳膊上。

吴宽虽然参加竞标，但他只是对手公司的业务部门经理。刘唐把对手公司的老总用钱收买之后，老总就劝吴宽：“过去只是听说刘唐黑，现在才知道他是真的黑啊。吴总啊，这个事儿只能过去了，不能去找刘唐的麻烦，明白吗？”

吴宽说：“明白。”

剁手虽然没有真的剁下来，但传出去依然恐怖。盛唐集团在最后一轮竞拍中，几乎没对手顺利地拿下了那段高速公路。

为怕出新的麻烦，盛唐建设那段高速公路时，还是下了很大的功夫。但天灾人祸，高速公路通车不久还是出了问题。

应该说，出的问题不是太大的问题，只不过这个问题是被媒体给捅了出来。

经过媒体的报道，再小的问题也会被无限放大。结果，公路的质量问题引起了省里高度重视。在调查过程中，吴宽的手差点被剁下来，震惊了调查者。

起初的调查公安部门没参与，这都剁手了，公安部门迅速介入。

公安部门的调查，把刘唐通过暴力发家的历史也挖了出来。

刘唐像热锅上的蚂蚁四处活动。当时，省里只有张景春能为其说几句话，但张景春的口碑以及他有限的权力，使得他说的这几句话也用处不大。

那段时间，刘唐自己都感到了绝望。

两个原因最终救了刘唐：

刘唐的主要问题都是在过去，对其调查时，相关证据都在查找，对其不能上来就采取强制措施。

吴宽见没有把刘唐抓起来，死活不承认被人剁过手。吴宽的拒绝做证，又使得对刘唐的调查更要谨慎。

而就在这个调查过程当中，省里发生了一场大地震。

在一片废墟当中，盛唐集团援建的一所希望小学傲然矗立，这被新闻媒体报道后，同样产生了无限放大的作用。

其实，地震中没有倒塌的小学很多，只不过盛唐集团援建的这所最出名。

开始最出名的还真不是这所学校，而是学校里的孩子们。

这所学校位于大山之中，地震后，学校虽然没有倒，但幸存下来的孩子们，面对没水没电没吃的，周围又全都是尸体的情况，竟然连夜走出了大山。

这么伟大的故事，媒体当然要大写特写了。由此，盛唐集团援建的那所在一片废墟之中矗立的希望小学，也随之登上各类报纸的头版头条。

【 15 】

刘唐接到邹林的电话第一时间就赶到了一处幽静的茶馆。

茶馆独门独院，刘唐到了院子里，一位美女把刘唐领到邹林所在的包间里。

邹林没说话时，表情很沉稳看不出内心的波澜，但一开口，火药味就飘了出来。

邹林说："刘总，还记得第一次我到你们公司吗？"

刘唐说："记得呀，那好像是个周一的早晨吧。"

邹林那天早晨到盛唐集团时，正赶上全体员工站在门前，举行升旗仪式。

鲜艳的五星红旗迎风招展。

刘唐与全体员工高唱《中华人民共和国国歌》。

邹林对刘唐的印象迅速提升。

在公司集团的走廊里，除了业务部门，一些门上的标牌竟写着"第一党支部""第二党支部"……

邹林现在质问刘唐："你们公司真的有党支部吗？"

刘唐说："真的有啊，你去的时候，你不都看见了吗？"

邹林说："我看见的也许只是表面现象。"

刘唐说："邹先生，您为什么要这么说？"

邹林说："我为什么要这么说，你心里清楚。"

刘唐看着邹林，露出了满脸无辜。

邹林说："刘总，你不该骗我！"

刘唐说："邹先生，我什么时候骗过你呀？"

邹林被问住了，他想想也是。在与刘唐的交往中，他也确实没问过刘唐的过去。

邹林说："你让我找王秘书打电话的那个事儿，我办不了。"

刘唐说："怎么办不了呢？"

邹林拿出了那张银行卡，放在刘唐的面前，说："你弟弟涉嫌杀人，没人能救得了他！"

邹林说得这么简洁明了，刘唐心里就明白了，但他还是说："邹先生，是不是你误会了？"

邹林说："没有误会，刘唐啊，不要装糊涂了。你和你弟弟过去都干过什么，你心里清楚得很。"

邹林说着就要站起身离开了。

刘唐感觉大脑有些眩晕，如果邹林离开了，就意味着他与邹林的关系也就结束了。

刘唐咬了咬牙，说："邹先生，我实在是搞不清，您今天为什么要和我发这么大的火？一定是有人在挑拨你我之间的友谊。"

说着，刘唐从兜里拿出了一份材料，递给了邹林。

邹林接过不解地翻看着。

刘唐指着材料说："这个矿产项目在推进过程中，省里个别人在其中设置了重重障碍，后来当发现这里有你的股份后，他们便转移了视线，就拿我弟弟开刀……"

邹林说："你这什么意思啊？"

刘唐说:“这个意思多明显啊！他们抓我弟弟的真正用意是想抓我，一旦抓了我，我们的这个项目就得破产！”

邹林说:“破产就破产吧！这个项目，顶多我不参与了！”

刘唐说:“你不参与没问题。但问题是，这个项目有你父亲的批示啊！”

提到了自己的父亲，邹林这才寻思过味，他说:“刘唐，你什么意思直接说出来吧！”

刘唐说:“邹先生，你千万不要误会。我没有别的意思……”

邹林说:“你的意思是不是说，如果把你抓起来，有可能会把我父亲牵扯进来，对吗？”

刘唐说:“我可没这个意思，但我怕省里这么干，会产生这样的效果！”

邹林临出门前，盯着刘唐的眼睛看了好半天。

【 16 】

茶杯摔在了地上。

茶杯粉身碎骨。

邹林还是头一次看见王秘书发这么大的火。

王秘书说:“流氓！他竟敢威胁你！”

邹林说:“都怪我，我不该和他这种人交朋友，和我父亲说说吧，赶紧把这个流氓抓起来。”

王秘书摘下眼镜，用纸巾擦了擦，他的双眼闪出了凶恶的光：“抓这种流氓用不着和你父亲说，你给刘唐打电话，告诉他今晚我要见他！”

邹林给刘唐打电话前，王秘书又详细地询问邹林：“刘唐还有你其他把柄吗？”

邹林说：“什么意思？”

王秘书说：“据我了解，刘唐过去在市里时，就给领导拍过那种录像。”

邹林明白了：“王秘书，你就放心吧！这方面，我很注意。”

邹林深知自己的地位，他与刘唐只是生意伙伴，私生活从不让刘唐介入。

王秘书说：“这样的话，我就放心了。”

【 17 】

邹林给刘唐打电话说得很温柔，什么王秘书想要见见你，什么想要请你吃个饭之类。

刘唐嘴上说：“好好好，我一定准时参加。”但心里却冒起了冷气，特别是邹林说“让孙总和你的司机也来吧！”时，刘唐更是感到浑身冷得仿佛掉进了冰窟窿里。年轻时，他去过东北，有一次掉进去过。那种绝望刺骨冰冷的记忆，永远存在了刘唐脑海深处。

现在这种记忆猛地浮现出之后，刘唐不住地浑身哆嗦。

站在旁边的孙亚辉也感受到了那种冰冷。他问刘唐：“王秘书要在哪儿请你啊？”

刘唐说:“不知道。邹林只是给我发个地址。”他打开手机，让孙亚辉看。

孙亚辉知道那个地址，他说:“唐哥，今晚会不会把我们抓起来?”

刘唐没有回答。

威胁邹林，刘唐开始没这个打算。他没有邹林那种视频，要威胁的话，就只能去间接地威胁邹林的父亲。

孙亚辉说:“这是在玩火呀。”

刘唐说:“不玩火，火也要烧到我们了。”

孙亚辉说:“什么意思?”

刘唐说了关浩然给他打电话的事儿。

见邹林前，刘唐接到了关浩然的电话。关浩然电话里没说什么，只是把省厅针对那起案子的电话会议告诉了刘唐。

电话会议是很正式的那种。省厅包括徐永年在内的厅领导通过大屏幕向益州市局传达精神，益州市局的李良、关浩然等领导则坐在桌子前拿笔做着记录。

关浩然告诉刘唐的只有徐永年说的一段话。

徐永年说:“这起省厅督办的涉枪严重暴力案件，你们一定要高度重视，对全部线索必须认真调查，无论涉及谁，坚决一查到底!如果遇到你们查不了的线索，你们要及时上报，公安厅将以最坚决的措施继续深挖余罪，力争全面彻底地将全部犯罪分子绳之以法!”

徐永年话里的意思，内部人都明白。如果刘唐涉案，也照查不误。这让关浩然不免紧张起来。如果刘唐被查，他也得够呛。

关浩然知道刘唐到了北京，他告诉刘唐这些话，目的是让刘唐抓紧活动。

但关浩然的这些话，反倒让刘唐更感到了绝望。

刘唐对孙亚辉说："邹林一定认为我在威胁他……其实，没有！我只是想让他帮帮我……我……就是想把刘元救出来……"

孙亚辉没明白刘唐的意思："现在看来，救刘元已经不可能了。"

刘唐这才说出了心里话："如果不能把刘元救出来，你我也会完蛋的！刘元的案子影响这么大，公安局决不会仅仅调查这一个案子，如果刘元过去的那些事儿都查清楚了，孙总，我们的末日也就不远了。"

孙亚辉看着刘唐不知说什么好。

刘唐说："知道我为什么……要和邹林说那些话了吧。现在只有他才能救我们，可他不仅不救我们，还要把我们抓起来。"

孙亚辉说："既然这样，那咱们马上离开这儿吧！"

孙亚辉说的离开，是想跑。他们都有国外的绿卡，随时都可以跑出国。

刘唐想了好一会儿，最终，摇了摇头："如果他们真的打算抓我们，我们现在肯定已经被监控了。"

【 18 】

张雨每天晚上即便洗完澡准备上床休息了，她也得先把妆画好。因为刘唐会经常突然打电话，让她跟着去吃饭。

跟着刘唐去吃饭决非简单地吃吃喝喝，她去是要陪客人的。那些客人多数是官太太，如果素面朝天会显得不礼貌。那样刘唐会不高兴的。

为了让刘唐高兴，张雨总是时刻做好准备，总是时刻听从着刘唐的召唤。

刘唐这次到北京带张雨来，也确实是为了能和邹林把关系弄得更密切些。邹林带着夫人，他也带着夫人，那在一起吃饭多么其乐融融啊！

可是……

【 19 】

桌子上是各种点心。

不远处，摆放着一个那种很老式的电唱机。

唱片在旋转着。

喇叭里播放着慢四步舞曲。

整个大厅空空荡荡，只有刘唐和张雨在跳舞。

张雨依偎在刘唐的怀里幸福无比。她问刘唐："今晚你这要干吗呀？"

刘唐说："不干吗呀！"

张雨说："不干吗怎么要和我跳舞呀？"

刘唐说："我想和你浪漫浪漫。"

很多年前，社会上流行的是到舞厅里搂着女孩跳舞。刘唐始终认为，那才叫浪漫。黑暗中的舞曲慢极了，男男女女搂在一起，黑灯瞎火的，想干什么就干什么。

张雨比刘唐小很多，她就不觉得那叫浪漫。她认为，那是耍流氓。

但张雨这点儿好，不浪漫她也会假装浪漫。

张雨说:“亲爱的，时间可真快，我认识你的时候，我才 17。”

每当张雨这样说，总能引起刘唐身体的反应。于是，刘唐把张雨更紧地搂在怀里，继续回忆着往昔：

“你那时干吗老躲着我？”

“我妈我爸说你是坏人！”

“那你认为我是坏人吗？”

“你是。”

“我都怎么坏了？”

“你自己知道。”

……

刘唐准备脱张雨的衣服时，张雨嘴上说:“你要干吗……这是在茶楼……”但她的身体已经瘫软在刘唐的怀里。

刘唐的女人太多，即便到张雨这儿来过夜，那也只是真的过夜。

像这种包下整个茶楼来干这种事儿，在张雨的记忆里还是头一次。

【 20 】

张雨和刘唐在大厅里干着那种事，孙亚辉和郭子强只能坐在大厅外的桌子前等着。

搁过去，孙亚辉能调侃几句，但这个夜晚，他一句没用的话也没说。

郭子强感到很奇怪，他忍不住问："今晚是什么日子啊？刘总干吗把整个茶楼都包了下来？"

孙亚辉不能骗郭子强，他说："刘总是在和张雨告别。"

郭子强说："告别？"

孙亚辉说："是的。"他只能实话实说了，"子强啊，你要做好准备，今天晚上，我们有可能是有去无回。"

【 21 】

夜已经很深，北京街道上的车辆依然很多。

一辆挂着特殊号段车牌的奥迪轿车在车流中向西缓慢地行驶。

这辆车载着刘唐、孙亚辉、郭子强去一个很幽静的地方。

那个地方刘唐知道，但由于进门很麻烦，邹林就派了一辆自己的车。

刘唐没见过这个司机，这个司机自始至终都在没有表情地开着车。

这个没有表情的司机把刘唐他们拉到了一个没有表情的院子里。

院子里有一个幽静的小楼。

暗淡的灯光下，能看到楼门前站着两个同样没有表情的中年人。

刘唐、孙亚辉、郭子强就在这没有表情的注视下，走进了那所幽静的小楼里。

小楼有一条很长的走廊，又是一个没有表情的中年人领着他们来到了电梯前。

电梯的门打开了。

刘唐走了进去，孙亚辉、郭子强要跟进去时，被中年人拦住了。

中年人说：“对不起，只能刘总一个人上去。”

郭子强说：“那不行，我要跟着刘总一块上去！”

说着，郭子强要走进电梯里。

中年人用闪电般的速度把郭子强拉出，并按在了墙壁前。

郭子强刚要反抗，刘唐急忙说：“子强，不要乱来。”

郭子强举起了手，中年人放开郭子强，继续没有表情地站在电梯口。

刘唐一个人乘着电梯上去了。

电梯在五楼停下，刘唐走出来，面前是一片黑暗。

黑暗中出现了两个黑影。

还是没有表情的中年人。

刘唐吓得腿有些发软。

这两个中年人一前一后把刘唐夹在中间，向走廊深处走去。

刘唐感觉这个走廊很漫长，仿佛人生一般。

他们来到了一个门前，停下了。

刘唐正观察时，身后的中年人拍了拍他的肩膀，说：“把手举起来。”

刘唐吓得好玄晕过去，他急忙举起了手。

中年人熟练地将刘唐上上下下搜查了一番后说：“好了！”但刘唐仍举着手。

直到面前的那个中年人说：“你把手放下吧！”

刘唐这才放下了手。

【 22 】

刘唐是一个人走进了房间里。

屋子里的灯很刺眼，刘唐好一会儿才适应过来。

这之前的恐惧已经让刘唐的心提到了嗓子眼，当看到邹林和王秘书时，竟然说不出话来。

面前有一张桌子，桌子上是山珍海味、名酒美酿。

邹林笑容可掬，他对刘唐介绍说："这是王秘书。"

王秘书走到跟前把手伸过来了，刘唐才说："你好，王秘书。"

王秘书除了笑容可掬还满面春风。他虽然是秘书，但级别已经高高在上。

王秘书亲自为刘唐倒了一杯酒，气定神闲地说道："刘总，这杯酒两层含义，一是欢迎，二是感谢。欢迎你到北京来，感谢你这些年，对小林的体贴和照顾！"

刘唐后来回忆，王秘书的开场白，说了决不止这两句，但他却只记住了这两句。扑面而来的幸福，已经把刘唐弄得晕头转向。

【 23 】

刘唐从下车一直到自己的房间，都是由孙亚辉和郭子强扶着。

孙亚辉说："刘总，刚才你没少喝吧？"

刘唐说:“那一瓶全让我喝了。”

郭子强说:“那你喝的是什么酒啊?”

刘唐说:“就是那种普通的茅台，跟你说，这种酒平时我根本不喝，太难喝了，但今晚我喝得这个美呀，今生今世，我好像都没喝过这么好的酒。”

刘唐的情绪把孙亚辉感染了，他说:“刘总，那咱们再接着喝两瓶这种普通的茅台吧!”

刘唐说:“好啊!”

郭子强说:“可刘总，咱们车里没有这种茅台啊!”

孙亚辉说:“酒店里应该有。”

郭子强到大堂到餐厅最后到了值班经理的房间里，才终于买到了两瓶这种普通的茅台。

三个人在刘唐的总统套房里，把这两瓶茅台一股脑儿都喝了。

喝到兴奋时，孙亚辉问刘唐:“这么说，他们打算要帮咱们了?”

刘唐说:“酒桌上没提这个茬儿，但王秘书那话里的意思已经非常地明确了。他说，省里某些人对我有某些偏见，是不正常的，这明显是在打压民营企业……”

孙亚辉不关心这些:“那王秘书说没说什么时候能把刘元救出来?”

刘唐说:“王秘书那个级别的干部怎么能说这种话?”他学着王秘书的口吻:“‘刘总啊，既然你弟弟与那个案子无关，那么呢，我们要相信法律，你放心，公安局一定会依法办案。’”

【 24 】

王秘书起初真想把刘唐控制起来交给相关部门。但冷静下来，他觉得不妥。

一是，刘唐用来威胁邹林的那份材料，虽然不具备什么杀伤力，但也足以让首长难堪。

二是，刘唐是否还有其他材料？敢威胁邹林，他应该是做好了充分的准备！

三是，这几年，邹林和刘唐合作不止这一个项目，其他项目也都有首长的批示，如果全抖落出来，后果无法预料。

四是……

五是……

六是……

王秘书最后劝邹林："刘唐是流氓出身，这种人不讲理不讲情不讲规矩不讲法律，我们最好不要和他一般见识。"

邹林也觉得王秘书说的有道理。与刘唐一起合作的这几年，刘唐谦逊卑微、彬彬有礼，可为了救刘元翻起脸来比翻书还快。

王秘书说："所以现在不能抓刘唐。"

邹林说："如果现在不能抓刘唐，那就得帮刘唐了。"

王秘书说："帮帮也无所谓。"

邹林说："怎么能无所谓呢，这个案子这么大……"

王秘书说："案子虽然大，但据我了解，这个案子的确是刘唐的弟弟刘元所为，与刘唐本人无关！这个时候帮帮刘唐，我认为是可行的。”

邹林说：“如果你认为可行，那就可行吧！”

光脚的不怕穿鞋的，权势拥有者最不想干的就是鱼死网破。

【 25 】

刘唐乘机回到益州时，妹妹把宾利直接开到了停机坪上。

刘唐下飞机直接上了宾利。

后面的旅客很是羡慕：“车停在了飞机的下面才叫接机呢！真他妈的牛逼！”

在车里，刘唐对妹妹说：“今后不要再装牛逼了！”

妹妹说：“怎么了？”

刘唐说：“刘元不就是因为装牛逼才去杀人嘛，今后把车停在飞机下面这种事儿，一律不准再干了！”他甚至命令妹妹把会所停了。

妹妹说：“会所很挣钱。”

刘唐说：“出了事儿，同样也会很费钱！”

尽管邹林、王秘书答应帮自己了，但刘唐却变得格外小心了。

冰窟窿里那种刺骨的寒气，不时由心底升起，让他时不时地就浑身哆嗦一下。

【 26 】

随刘唐一起回来的还有不少律师，其中的汤夫是孙亚辉花了大价钱雇来的。

刘唐说："用不着雇这么好的律师吧，这个案子，我们靠的不是法律，靠的是关系！"

孙亚辉说："靠关系不假，但我们必然让别人看出，我们靠的是法律才行！"

刘唐马上明白孙亚辉的意思了。他很快和律师们处得像兄弟一般，甚至和汤夫开起了玩笑：

"汤律师，你叫汤夫，那你弟弟不会叫汤元吧！"

汤夫说："我弟弟真叫汤元。"

刘唐说："很巧啊，我弟弟叫刘元，汤律师，希望你能把我弟弟当作你弟弟！"

汤夫说："我不能把你弟弟当我弟弟！"

刘唐说："为什么？"

汤夫说："因为你弟弟是我的当事人！"

刘唐说："我在和你开玩笑！"

汤夫说："我是律师，刘先生，今后，你不要和我开玩笑。"

搁过去，律师和刘唐这样讲话，刘唐能把茶杯摔在律师的脸上，但现在刘唐不会了。他很理解汤夫，汤夫起初不想来接这个官司，是事务所的领导逼汤夫来的。

汤夫明确对刘唐说:“这么大的案子,我认为,让公安局释放你弟弟的可能性是不存在的!”

刘唐见汤夫这么直接,就把几张纸,递给了汤夫。

汤夫看完,就用一种惊讶的目光注视着刘唐好半天。

【 27 】

全社会都要求警察必须依法办案。其实,警察内心最渴望的还真就是依法办案。

依法办案,警察最省事!

有证据我就抓人破案,没证据,那我就只能不抓人不破案。

中国的警察哪有这样的好事啊!

每个警察每年破案是有指标的:“命案”“枪案”要求必须侦破。

大案、要案一旦破不了,有的局长都得被免职。

所以,为了破案,有充分证据直接抓人,如果证据不太充份,那就得想尽办法让证据变得充分。这个过程费时费力。警察不怕费力,但“费时”却常常身不由己。办案很多环节,是有严格时间规定的。

看守所的所长给苏岩打电话:“北京来了几个律师要求会见刘元会见钱凯会见吴立波。”

苏岩说:“不行。”

所长说:“不行就违法了。”

苏岩说："那你让律师来见我吧。"

来见苏岩的是汤夫。

汤夫进屋就把律师证件和几张纸放在了苏岩的面前："我是刘元的辩护人，这是我的委托书。"

律师只表明了身份，压根儿没提出会见申请，他反过来质问苏岩："你一个办案单位，你有什么权力禁止我去见当事人？"

苏岩没往下接茬。

不少稀里糊涂的刑辩律师都以为办案单位有这个权力。下面的一线警察太不容易，为给自己多争取点办案时间，也常常跟着"装糊涂"。

但这次碰到了明白人，苏岩只好转移话题："您叫汤夫？"

汤夫说："是的。"

苏岩说："这个名字起得很有特色。你叫汤夫，那你弟弟不会叫汤元吧？"

汤夫说："警官同志，不要和我说没用的。现在请你回答我，你有什么权力不让我见当事人？"

苏岩说："我当然没有这个权力了，但你要见当事人，那我是不是得请示一下我们领导啊？"

汤夫说："我见我的当事人，干吗要请示你们的领导？"

苏岩说："当然得请示我们领导了！您知道，律师提出申请会见当事人，公安机关要在 48 小时之内做出答复，这您清楚吧？"

汤夫说："警官同志，你这套吧，忽悠你们当地的律师足够了，法律上规定，只有三种情况，律师见当事人需要你们批准，第一，当事人涉嫌危害国家安全，第二……"

碰到了这么明白的律师，苏岩只好急忙说："你不用说第二了，你不就想到看守所去见你的当事人嘛，那您去见吧！"

律师走了之后，苏岩先去找了副局长关浩然。

关浩然说："这么大的案子，苏岩呐，咱们必须要依法办案呐！"

苏岩只好又去找了局长李良。

李良说："如果我直接干涉不让他们见面，那就等于是公安局在公然违法啊。"

苏岩说："他们见了面，我就怕……"

李良说："我也怕，但怕不能解决问题！苏岩呐，你还是抓紧时间把证据找到吧！"

刘元指使手下杀了聂树远等人，目前只有钱凯、吴立波的口供。这远远不够。口供中，两个人都承认是刘元提供的枪支，现在要尽快找到足够的证据支持才行。

苏岩说："刘元涉嫌走私、贩买枪支有很多线索，只要再给我两天时间就行！"

这么大的案子，要求两天时间一点不过分。但李良想了想，还是说：

"苏岩呐，要相信大地方来的律师，他们具备良好的职业道德，他们不会乱来的。"

【 28 】

律师刘科会见钱凯时，警察夏阳站在门前。

刘科对夏阳说："警官同志，麻烦你把门关上，好吗？"

夏阳说："门现在关着呢！"

刘科说："我的意思是，你出去之后，再帮我把门关上。"

夏阳说："没必要吧！你让我留下来，我给你倒个水什么的……"

刘科说："谢谢，我不喝水，请吧！"

夏阳离开审讯室后，刘科问钱凯：

"警察审讯的时候，让你喝水吗？"

"让啊。"

"让你吃饭吗？"

"让啊。"

"让你睡觉吗？"

"也让……"

"什么叫也让？如果警察不让你睡觉，这就是变相的刑讯逼供，你可以提出控告。"

【 29 】

律师孙晨会见吴立波时说："吴先生，你向公安机关坦白交代，要建立在真实客观的基础上。你向警方供认说，是你枪杀聂树远等人，是吗？"

“是的。”

“枪杀了聂树远等人之后，你还向警方供认，这是刘元先生让你干的，是吗？”

“是的。”

“这里可能是有点出入！”

“什么出入？”

“您对警方说，1 月 9 号夜里，刘元先生是在英豪会所 301 房间，向您下达的命令，是吧？”

“是的。”

“那你再好好想想……”

“想什么？”

“张小红女士、郭秋梅女士、陈福利先生、郭鸣武先生，他们都证实，刘元当时并没在 301 房间……”

吴立波若有所思地注视着孙晨。

孙晨也若有所思地注视着吴立波。

吴立波说：“那一定是我记错了。”

孙晨说：“这么重要的事儿，您为什么能记错？”

吴立波说：“因为我想把责任都推到刘元的身上。”

【 30 】

律师会见完钱凯和吴立波之后，钱凯和吴立波就推翻了自己之前的口供。

吴立波说：“刘元没有向我们下达过枪杀聂树远的命令，是我和钱凯自己商量来的。”

钱凯也说：“刘元让我们给聂树远去送钱，我和吴立波看到有这么多的钱，就鬼迷心窍。”

两个人都说：“杀聂树远，我们是为了抢钱，与刘元毫无关系。”

警察分别问他们俩：“既然为了抢钱，那你们把抢到的钱藏在哪儿了？”

吴立波说：“我藏在我姥姥家的猪圈里了。”

钱凯说：“我藏在我三姨家的农场里了。”

警察无奈只好到吴立波姥姥家猪圈里，到钱凯三姨家农场里去搜查，结果分别搜到了五十万现金。警察怀疑钱是别人在案发后放的，可两处地点都十分偏僻，沿途没有监控。警察没办法证明自己的怀疑。

【 31 】

汤夫会见刘元时，刘元是戴着手铐坐在一张铁制椅子里。

汤夫自己点燃了一支香烟。

刘元不高兴了：“你给我一支呀！”

汤夫像是没听到，继续抽着烟。

刘元产生了不满，阴阳怪气地问汤夫：“你真是个大律师吗？”

汤夫答非所问：“公安局会很快释放你的！”

刘元说：“为什么？”

汤夫说：“因为他们压根儿就不应该抓你！”

刘元说：“你快告诉我，到底怎么回事儿？”

汤夫没有直接说，而是开始了“启发”式提问：“你哥是政协委员，对吗？”

刘元说：“对呀！他不仅是委员，他还是常委呢！但你不知道，为了当这个常委，他可没少花钱……”

汤夫说：“那你是政协委员吗？”

刘元说：“我不是。”

汤夫说：“你再想想。”

刘元说：“这还想什么呀，我真的不是！哎，我是奥运火炬手，行吗？”

汤夫说：“你不是政协委员，那你是不是其他什么……哈！”

刘元终于想到了什么：“我过去是人大代表，行吗？”

汤夫也终于松了一口气：“当然行了。”

刘元说：“但是他妈的，可能是过期了吧，都已经好些年了。当时，我还在县里呢，有一次，我把人大的李主任给喝高兴了，我给他找了两个妞，就这么的，他给我弄上了县人大代表……”

汤夫把一张纸放在了刘元的面前：“你看看，这上面的信息，都对不对？”

刘元拿起看了看，说："对对对，完全对，你看，这还有李主任的签名呢！"

汤夫把这张纸收回，放进兜里，对刘元说："既然你是绵北县的人大代表，我建议你，立刻向公安机关进行报告！"

【 32 】

李良无比惊讶："刘元是人大代表？"

关浩然说："是的，局里政治处刚才已经向绵北县的人大进行了核实，刘元确实是他们的人大代表！"

李良说："那为什么抓捕的时候，刘元自己没说？"

关浩然说："这都好些年了，刘元自己都未必记得……"

李良说："到县人大，查查他是否还有代表资格？"

关浩然说："有。律师已经拿来了绵北县人大的证明！"

关浩然把一张纸，递给了李良。

李良无奈地看着。

关浩然说："李局，如果现在要是对刘元刑事拘留，我们得马上到绵北县人大去进行申请……人大肯定会对我们的刑拘证据进行审查的，可吴立波、钱凯都不承认……"

李良把那张纸递给了关浩然。

关浩然继续说："显然，人大不会批准我们拘留刘元的！"

李良说："谈谈你的意见吧！"

关浩然说："根据现有的证据，刘元没有参与这起涉枪'严暴'案。"

【 33 】

徐永年在电话里问："你认为呢？"

李良在电话里回答："我认为，刘元百分之百参与了！"

徐永年说："可根据目前掌握的证据……"

李良说："警察搞案子除了靠证据，还得要靠良心！"

徐永年说："可良心如果被狗吃了怎么办？"

李良说："所以，我建议对关浩然停止执行职务……"

徐永年说："你建议对关浩然停止执行职务，可今天还有人向我建议把关浩然调到省厅来工作呢！"

李良握着电话不出声了。

徐永年说："你们的底牌被人家全都掌握了，所以，出现这样的结果，也是必然的。"

这些话，李良本来想说，他没说是怕徐永年说他为自己找借口。现在徐永年替他说了出来，他心里反倒不是滋味。

李良诚恳地检讨："抓刘元的时候，确实只有钱凯和吴立波的口供，但关于那两支枪以及其他证据，我们一直在抓紧时间调查，可万万没想到……徐厅，这个案子搞成了这样……我负有领导责任，给我处分吧！"

徐永年说:“还处分个屁呀！知道吗，李局，这个案子搞成了这样，省里的某个领导却是非常满意！”

李良说:“是吗？”

徐永年把声音压得很低:“电话里，我就不细说了，虽然刘元被放了出去，但我相信，他不可能永远逍遥法外！”

【 34 】

苏岩说:“如果现在就把刘元放出去，他真的可能会永远逍遥法外。”

李良没吱声。苏岩急了，他不断地说着各种理由:“局长，为什么抓刘元时，我要不顾一切地骗刘唐？为什么他们现在上上下下都在不顾一切地救刘元？我们大家都清楚，刘元被抓，这个案子马上就能破，这个案子破了，由此而来，会破很多的案子……”

李良说:“会破很多案子，难道我不知道吗？”

苏岩不吱声了。

李良说:“如果现在不放刘元，我们就违法了。”

苏岩说:“我现在可以找个理由，继续把刘元押起来，只要押两天，我就会找到证据！”

李良说:“两天找不到证据，就会把你押起来。”

苏岩说:“只要能把刘元押起来，把我押起来，我也认了。”

苏岩说得无比坚决，李良真有些犹豫了。当然，为了最终破这个案子，他并非真的想把苏岩押起来，而是他也想去冒一次险。

和苏岩一样，他也深知，刘元一旦被放出去，再想抓他会比登天还难。

李良说："你真的有把握两天之内，就能找到证据吗？"

苏岩说："百分之百的把握，我确实没有，但局长，我觉得应该试试，顶多把我搭进去呗……"

李良说："不会把你搭进去的，这样吧……"

李良正准备孤注一掷时，检察院的电话打来了。

李良接完电话，对苏岩叹了一口气，说："我们还是依法办案吧！"

【 35 】

既然放刘元不可避免，苏岩便亲自带着手续，来到了看守所。

苏岩见到刘元先是一顿道歉："刘总啊，你是人大代表，你怎么不早说呢？"

刘元说："开始我给忘了。"

即便看着苏岩亲自办手续，刘元也没信自己真的会被放出去。

过去他没少和警察打交道，对警察的出尔反尔早已习以为常。

走出看守所之前，刘元对苏岩始终客客气气的。

苏岩问他："号里没人欺负你吧！"

刘元说："没有没有。有你关照，谁敢欺负我呀！"

苏岩说："你这么牛逼，还用我关照啊！"

两个人说说笑笑，苏岩把刘元送出看守所的大门，到了停车场时，刘元才把怒气发出来。

刘元把一口浓浓的痰，结结实实吐在了苏岩的脸上。

苏岩掏出手绢，擦了好一会儿，都感觉没擦净。

刘唐走过来，掏出几张餐巾纸递给了苏岩。

苏岩说："谢谢。"

刘唐说："不用谢。你我之间的恩怨不可能用一口痰就解决了。"

苏岩尽可能露出笑模样："刘总，你干吗要这么说啊？"

刘唐说："苏岩，别跟我装糊涂，忘了你是怎么骗我的嘛？你做好准备吧，我要报复你了！"

CHAPTER 3 第三章

【 1 】

刘唐会怎么报复自己呢？也像刘元似的找人给自己两枪？

苏岩认为，刘唐没这个胆量。

刘唐报复人的那些伎俩，什么视频、照片之类，苏岩早有耳闻，对此，他早有防范。

一线警察都有着极高的警惕性，与黑道朋友再好，也不会掏心掏肺。

即便过去刘唐还不那么坏的时候，苏岩对他也有着自己的底线。

这些战斗在最严峻环境中的警察，与黑道交往最主要的目的就是为了获得有价值的线索。

破案没有规律，全指望线索。没有线索，仅凭对党对人民的爱远远不够。

堡垒从内部最容易攻陷。能够抓住罪犯的线索，往往都是罪犯提供的。

想要获得好线索，警察必须具备与罪犯和流氓交往的能力。

世界上最难从事的职业也许就是中国的一线警察。

为了制服流氓，警察既要比流氓更流氓，还要时不时依靠流氓，在这个过程当中，警察还不能真的变成流氓！

可流氓不是傻子，你不和他掏心掏肺，他对你也是敬而远之。

流氓有太多流氓的手段。

与你喝酒喝多喝醉了，整俩小姐与你同床同睡！

你睡不睡？

酒里要是被下了那种药，心里有对党对人民再深的爱，到了那时恐怕也用处不大。

唯一的防范就是绝对不能喝那种被下了药的酒。

像关浩然这样的警察，缺乏这样的本领，喝了这样的酒，只能被刘唐牵着鼻子走。

像苏岩这样的警察，具备了这样的本领，所以根本不怕刘唐这种人报复。

苏岩直接给刘唐打电话，劝他："唐哥，你要理解，我是警察，我抓你弟弟也是没办法啊。再说了，就算我不去抓，难道其他警察也不去抓嘛？"

刘唐说："苏岩，你和其他警察能一样嘛？你是我兄弟啊！你是警察，你去抓我弟弟，这我能理解，我不理解的，是你竟然那么骗我……"

刘唐说着都有些哽咽了："真的，你可以不帮我！我去找徐厅，去找李局，他们都没帮我，但我不恨他们，因为他们至少没骗我，你呢……苏岩，你他妈的还是人吗？"

刘唐都说不下去了。

苏岩只好安慰他说："唐哥，不要再和我一般见识，我是个小警察，你看要不我都这么大岁数了，怎么才混个副科？”

刘唐在电话里咆哮起来：“你他妈的还好意思提副科！你骗我的时候，你就用的这个茬，苏岩呐苏岩，你太不是东西了，我这次非整整你不可！”

苏岩说：“唐哥，唐哥，你别发火呀！你整我干吗呀？再说，你想怎么整我啊……”

刘唐说：“你个王八蛋，你以为我整不了你，是吗？苏岩，你记住，抓人你是强项，整人我是强项。”

苏岩说：“你别吹牛逼了！”

【2】

刘唐还真没吹牛逼。当天下午，苏岩就被罗杨叫到了办公室。

罗杨的办公室是公安局所有警察都不愿意去的地方。

罗杨是局里的纪检委书记，他亲自找谁谈话，谁意味着要有麻烦了。

罗杨开始对苏岩还挺客气：“最近很忙吧？”

苏岩说：“还行。”

罗杨说：“个人问题解决了吗？”

苏岩说：“没有啊，罗书记，你帮我给介绍一个呗！”

罗杨说：“上次不都给你介绍一个了吗？”

苏岩说：“上次那个不行，岁数太大了……”

罗杨说：“那你想找多大的？”

苏岩说："我想找个二十的……"

罗杨说："你都快四十了，你还想找二十的？"

苏岩说："人家八十的还有找二十的呢！那个谁……"他说出了一个名字，"五十多了，找了个十八的。"

罗杨说："你和人家能比吗？人家是导演，你呢？"

苏岩说："我是警察啊！"

罗杨笑了。他这一笑，苏岩心里更没底了。

对付罪犯苏岩就用这套，先问寒问暖，然后就填表押人。

苏岩说："罗书记，您今天找我什么事儿就赶紧说吧，您老这么温柔，我心里很紧张！"

罗杨这才严肃起来，说："你干吗紧张啊，是不是干了什么不该干的呀？"

苏岩说："对天发誓，我什么都没干过！"

罗杨说："真的吗？上个月六号，你都干吗了？"

苏岩说："上个月六号？"

罗杨说："那是礼拜天，王主任的姑娘结婚，你中午到明流海鲜参加喜宴，这你应该记得吧？"

苏岩说："我记得呀，当时，您不也去了嘛！"

罗杨说："喝酒了吧？"

苏岩说："喝了，您不也喝了！"

罗杨说："我是喝了，但我可没带枪啊！"

苏岩说："罗书记，我也没带啊！"

罗杨说："你带了。"

“携枪饮酒”对警察来说，是严重违纪！

苏岩说：“都什么年月了，我还敢‘携枪饮酒’啊？”

罗杨说：“不要狡辩了，赶紧承认吧！”

苏岩说：“罗书记，这个玩笑可开不得！别说我没带，就算我真带了，我也坚决不能承认呐。”

“携枪饮酒”如果不是被抓了“现行”，当事民警不承认，是不能被处理的。

罗杨说：“你不承认不行啊，有人都看见了，他就要向纪检委来证明了！”

苏岩说：“谁看见了？这么缺德的事儿，他还敢向纪检委证明？”

【3】

李良说：“是我看见了，是我要向纪检委证明！”

苏岩不吱声了。他可不敢和局长说，“你咋这么缺德呢！”

当然了，局长能公然做伪证，证明自己的干警违纪应该是有特殊的原因。

李良说：“苏岩，我希望你能自己主动承认，你确实是携枪饮酒了！”

苏岩说：“如果我不承认呢？”

李良说：“如果你不承认……市里甚至省里可能要来调查你的其他问题！”

苏岩说：“什么问题？”

李良说:“比如你曾经涉嫌刑讯逼供……”

苏岩傻眼了。

如果查清刑讯逼供了，那他可就不是违纪了，是犯罪，是要被判刑关进监狱里的。

李良说:“你对犯罪嫌疑人有打过骂过吗？”

苏岩说:“没有。”

都这个年代了，出于自保，警察也都不会再打骂犯罪嫌疑人了。

有些办案单位，甚至喊出“宁可不破案，也决不能动犯罪嫌疑人一指头”的口号。

可口号谁都会喊，关键时刻如果真的破不了案，警察也真是无奈。

刑讯逼供唯一的目的就是为了得到罪犯的口供。法律上不重口供，重证据，可证据有时真得从口供里来。

杀人的刀藏哪儿了？

杀人后，尸体埋在哪儿了？

罪犯如果不说，那只有天知道了。警察想要知道，有时候就只能……

凡是涉嫌刑讯逼供的警察，破了案没功不说，破不了案还得把警察抓起来。

一个记者问被抓起来的警察:“既然明知这样的结果，那你干吗还要干这种天底下最愚蠢的事儿？”

警察说:“因为我想破案！”

刑讯逼供也分轻重。

苏岩采取的主要是精神恐吓，费时费力，需要高超的技巧，但这样的好处是，法律很难认定。

苏岩说:“李局,查我涉嫌刑讯逼供已经不是一次两次了,我相信,我在法律上是站得住的。”

李良说:“在法律上站得住的前提是,大家都要依法办案。如果有人诬陷你,公然举报你对其进行刑讯逼供了,怎么办?”

苏岩不吱声了。局长能说出这些话,想必是知道了什么。

李良说:“苏岩,你考虑一下,如果你承认了‘携枪饮酒’,那就可以在单位内部对你进行处理。对你的处分最多也就是开除……但如果你不承认……”李良有点说不下去了,“知道吗,他们这次是想把你送进监狱里,我能争取的,只是把你开除……抱歉,我只能做到这一步。”

苏岩低下了头,小声地说:“李局,谢谢你!”

李良好半天没吱声。

苏岩抬起头,才发现李良的眼里已经有了不少的泪水。

李良说:“苏岩呐,我一个堂堂的公安局长,却没有能力保护好我的干警!对不起!”

公安局长李良向苏岩恭恭敬敬地鞠了一躬。

【4】

即便局长给自己鞠躬了,苏岩还是不想离开公安队伍。

不少像苏岩这样的一线老警察,对警察这个职业有着近乎变态的依恋。

苏岩直接给刘唐打电话："唐哥，至于吗？单位要是把我开除了，我可就没饭吃了，那我只能天天到你家去吃饭了！"

刘唐说："你这是在威胁我吗？"

苏岩说："你认为呢？"

刘唐说："我认为，你是在威胁我！苏岩，你也不撒泡尿照照你自己，就你这熊样的，还来威胁我？玩威胁，我是你师傅！"

苏岩想想也真是。

来硬的不行，苏岩又来软的。

苏岩说："唐哥，那你就别和我一般见识了，你知道，我从小就喜欢当警察，我这次抓你弟弟真的是为了工作，你看……"

刘唐说："我看什么呀？苏岩，你刚才说公安局只是准备把你开除，是吗？这我绝对不答应。你小子刑讯逼供……"

苏岩说："我刑讯逼供，你看见了？"

刘唐说："我当然看见了。你当年在派出所，为了破那个杀人案，你把老六打得屁滚尿流……"

苏岩说："那都是过去的事儿了，老六都已经被枪毙了。"

刘唐说："老六被枪毙了，可还有老七老八呢，苏岩，这一点你就放心吧，我会让告你的人排成队……"

苏岩说："刘唐，这次你非得要把我送进监狱里不可了，是吗？"

刘唐说："是的。"

苏岩气得把手机摔在了地上。

【5】

苏岩把自己关在办公室里，电话不接，短信不回。

苏岩打开抽屉，打开柜子。里面有数不清的奖状、奖章，他一件件地拿出，一件件地抚摸，就像是在抚摸着自己以往的岁月！

苏岩不想被开除，更不想被关进监狱里。

这些年，他收拾过的罪犯太多，多得自己都记不清了。

有的罪犯仍被关在监狱里，有的已经刑满释放。这些罪犯大都对他恨之入骨。他即便是警察，有的还想报复他，如果他不是警察了，如果他被关在了监狱里……

类似的警察被弄残弄死的例子不胜枚举。有的警察连尸体都被泼上了粪。

苏岩决不想成为那样的警察！

他不怕死，但他怕受到屈辱的死！

苏岩打算好了，真把他开除了，真把他关进了监狱里，他干脆就……

【6】

李良说:“你怎么不接电话呢？”

苏岩低着头，没吱声。

李良递给苏岩一支香烟，苏岩像是没看见。往常，他会迅速地先给局长点上。

李良只好自己点燃了香烟。

苏岩说：“我不想进监狱。”

李良说：“那就不进。”

苏岩抬头看着李良。

李良的表情很平静，不像是在安慰自己。

苏岩说：“我还不想被开除。”

李良说：“那就不开除。”

苏岩完全蒙了。

李良拿起打火机，递给了苏岩。

苏岩自己点燃了香烟之后，李良才平静地说：“刚才，市里来电话，明天起要对你进行特别考核！”

苏岩说：“什么意思？”

李良说：“市里要对你破格提拔！”

苏岩说：“破格提拔？”

李良说：“是的。”

李良慢悠悠地抽着烟，慢悠悠地说着：“你们支队长的位置不是刚好现在空着吗，我已经建议……”

苏岩说：“局长，您别逗我行吗？支队长是副处，我现在才副科！”

李良说：“什么叫破格提拔？苏岩，你会由副科直接提为副处！”

【7】

刘唐说:“由副科提拔为副处，是我答应你的！所以，我要言而有信！”

苏岩看着刘唐不知说什么好。

刘唐摸着苏岩的脸:“你个王八蛋，我是真想真想把你送进监狱里……但是呢，你不仁，我不能不义啊！”

苏岩说:“唐哥！”

刘唐说:“别唐哥唐哥了，你只是嘴上叫我唐哥，你心里压根儿就没有我这个唐哥！”

苏岩说:“我有！”

刘唐说:“你有个屁吧！”他重重地叹了一口气，“苏岩呐，信不信由你，我心里可真有你这个弟弟！真把你送进监狱里，我心里会很难过的。”

刘唐深情地说着。

苏岩深情地问着:“唐哥，你干吗对我这么好啊？”

刘唐说:“我过去有辆破自行车，你还记得吗？”

苏岩说:“我……”

刘唐说:“我一猜，你就忘了。”

苏岩其实没忘，他故意让刘唐去深情地回忆。

刘唐说:“我那时很穷，穷得买不起车。我只有一辆破自行车，我记得我经常骑着那辆破自行车，带着你去喝酒，我喝多了，喝吐了，你就再骑着自行车把我带回来……”

刘唐说得太深情了，苏岩的眼泪都被他说出来了。

苏岩说：“唐哥，你弟弟这个事儿吧，我……做得……吧，确实是有点过分了……”

刘唐拍了拍苏岩的肩膀：“过分就过分吧，苏岩，其实我也很理解你，你是警察嘛！”

两个人无比深情地说着。

说完之后，刘唐还亲自把苏岩送到了门外，送到了车前。苏岩上了车里，刘唐还在深情地说着：

“当了支队长一定要秉公执法，一分钱都不准贪污，如果缺钱了，包括你们支队没钱办案了，都要来找唐哥，你记住了吗？”

苏岩说：“我记住了。”

刘唐说：“一定要好好干，支队长只是个开始，将来有可能你还要去当局长去当厅长，明白吗？”

苏岩说：“我明白。”

刘唐向苏岩摆着手，苏岩的轿车驶向了街道，最后消失在滚滚车流之后，刘唐还在深情地看着。

站在旁边的孙亚辉实在是看不下去了，他问刘唐：

“苏岩这么王八蛋，你应该把他送进监狱里，可现在你却把他送到了门外！我真是不理解，难道你真的一点都不恨苏岩吗？”

刘唐说：“我干吗要恨他呀？他是我的兄弟呀！”

苏岩不在眼前了，刘唐还这么说，孙亚辉只好装傻了。

刘唐对孙亚辉解释说：“苏岩这么操蛋，连你都认为我应该报复他，苏岩更得这么认为了，但他万万想不到，我不仅不报复他，我还提拔他，换成你是苏岩，你会怎么做？”

孙亚辉说：“换成我是苏岩，我一定会被你深深感动！”

刘唐说：“既然你被我深深感动，那你还会和我作对吗？”

孙亚辉说：“我绝对不会了。”

刘唐说：“这就是我的目的所在啊。收买人可以用钱也可以用女人，更可以用心。只有收买了一个人的心，那才是真正的收买！孙总，这方面，你要和我学学。”

孙亚辉说：“刘总啊，你如此高瞻远瞩，我觉得我一辈子都和你学不来。”

孙亚辉这样说，刘唐很喜欢听。孙亚辉这样说，也真的是为了让刘唐喜欢听。

其实，孙亚辉很明白刘唐为什么不报复苏岩。

因为刘唐怕苏岩！

苏岩那么热爱警察这个职业，为了这个职业都能不顾一切地去出卖他唐哥，刘唐真要是把苏岩整开除了，苏岩那么操蛋，刘唐真怕苏岩会不择手段地来报复他！

像邹林和王秘书为什么那么怕刘唐去威胁他们一样。

越高的人有时越怕越低的人！

过去，刘唐一无所有时，他真不怕。现在他有这么多的钱，这么多的女人，这么多的麻烦，他可不想没事找事让苏岩这种人去惦记自己！

【8】

孙亚辉给关浩然打电话，说刘总要见他。关浩然找理由拒绝了。孙亚辉说：“那咱俩见一面总可以吧！”

关浩然把孙亚辉约到了洗浴中心，他们脱光衣服，泡在热气腾腾的水池子里才开始有深度的交谈。

孙亚辉说：“你也太谨慎了吧，我还能给你录音是怎么的，怎么你连我都开始防了？”

关浩然说：“孙总，找我什么事儿说吧！”

孙亚辉说：“你这是怎么了？”

关浩然说：“我没怎么的。”

孙亚辉说：“没怎么的，你干吗对我这个态度啊！我见你不求你办任何事儿了，我是要给你表示表示。”

孙亚辉说出了一笔巨款，问关浩然：“给你现金还是给你转到国外？”

关浩然十分坚决：“这笔钱我不要。”

孙亚辉说：“为什么不要啊，你帮我们这么大的忙！”

关浩然说：“你不能这么讲，我可没帮你们任何忙……”

孙亚辉说：“那你告诉我们的那些……”

关浩然说：“我告诉你们的那些，都是法律上允许的，我没有超越法律。”

孙亚辉说：“我明白了，所以，你不想要我们的钱，这样的话，将来就算我们出事儿了，和你也没关系，是吗？”

关浩然说："怎么能和我没关系呢，你们要是真出事儿了，你们肯定会第一个把我供出来！"

关浩然显得很沮丧。

孙亚辉说："你这是干吗呀？刘元现在都被放出来了，你怎么还说这种话？"

关浩然说："刘元放出来只是暂时的，这么大的案子，公安局不会就这么过去的！省里会干预的。"

孙亚辉说："省里难道就不受北京领导了吗？"

关浩然说："你这什么意思？"

孙亚辉说："什么意思，我就不能和你细说了，过去社会上都传，说我们刘总和邹林先生是好朋友。现在呢，关局，你应该相信这个传言了吧。"

搁过去，孙亚辉这么说，关浩然会露出敬仰的目光，但现在他什么反应都没有。

孙亚辉说："关局，你在市局干这么多年了，刘总打算活动活动，把你调到省厅，你看怎么样？"

关浩然说："我谢谢刘总，但请你转告刘总，千万千万不要把我调到省厅去。"

孙亚辉说："为什么？你过去不是一直在求刘总嘛？"

关浩然很想说："过去你们还没闹这么大呢！"

尽管刘唐现在背后有参天大树，可关浩然却十分悲观，他现在不想和刘唐走得太近。

关浩然找了一个借口："孙总，按照属地管理，刘元这个案子，是我们局里主办，如果你们把我调到省厅，万一这个案子有了什么变故，我就得不到任何信息了。”

孙亚辉觉得关浩然说的有道理：“既然这样，那我回去和刘总说说！哎，让刘总在市里做做工作，把你扶正当局长怎么样？”

关浩然说：“不怎么样。”

孙亚辉说：“为什么？”

关浩然说：“公安局长的人选市里说话不好使，孙总啊，不要再为我的事儿操心了。”

孙亚辉说：“刘总现在是真心想感谢你，你看，连苏岩都被提支队长了。”

关浩然说：“对呀，我还想问你呢，苏岩对你们那么操蛋，你们干吗还要提拔他呢？”

孙亚辉犹豫了一会儿，最后还是按着刘唐的说法，告诉了关浩然：

“苏岩是唐哥的朋友，唐哥做人是有原则的，朋友对他不仁，但他对朋友不能不义！”

孙亚辉说完，关浩然都笑出了声。

关浩然说：“刘唐这么做是对的，报复苏岩这种人，他不会有任何好处！”

【9】

苏岩说:“刘唐不仅放过了我，还通过关系提拔了我!”

李良说:“你要搞清楚，提拔你的是组织，不是刘唐。”

苏岩没想到，李良会突然发火。

李良说:“苏岩，你现在已经是局里的领导干部了，你要严格规范你的一言一行，明白吗?”

苏岩说:“我明白。”他来找李良是汇报案子的，说刘唐这个事只是为了要牵出刘元的案子。但李良似乎不想听。

李良说:“你是支队的领导了，要想着抓全面，具体的案子，要让业务大队去干。”

苏岩说:“我一直搞业务，抓全面我不擅长，能否给我配个强点的政委?”

一把手都不太愿意把副手变得强有力，苏岩这么表态，是想向李良表明，他只想专心致志地搞破案。

但李良还是批评了苏岩:“担任了支队长，你的级别高了，权力大了，但你的责任心应该更高更大。”

李良的这种态度让苏岩有些无奈。过去李良是欣赏自己的，但现在因为自己被刘唐通过关系提拔了，李良明显对自己多了几丝防范。

【 10 】

蔡亚丁用假身份把他家对面的房子租了下来。租下来之后，他从未在里面住过。他还在走廊里安了监控，有生人来，他可以看得一清二楚。

一个快递小哥走过来，敲了一会儿门，便给蔡亚丁打电话说，他有个云南快件。

蔡亚丁在监控里看着快递小哥却说："我没在家，你把快件放在那个电表维修间里吧！"

这个维修间隐藏在角落里，外人很难发现。

蔡亚丁这么要求快递小哥不是第一次了，快递小哥没多想就把快件放进了那个维修间里。

快递小哥走了好一会儿，蔡亚丁认为安全了才出去把那个快件取回来。

快件上写的是玩具枪，其实是一把仿制的六四式手枪。

这把手枪与正规的制式枪比差很多，但近距离的杀伤力一点不弱。

中国是世界上对枪支管控最严的国家，只要涉枪，公安机关就全都按严重暴力案件给予重视。

蔡亚丁这种人深知贩运枪支后果很严重，所以，每次都格外小心。

有段时间，网上买到的玩具枪与真枪很难区分，干这行的就把真枪冒充玩具枪进行邮递。

蔡亚丁只是贩运枪支其中的一个环节。他只负责接枪和送枪。

送枪也不具体送给某个人，每次他都按指示送到不同的地方。

这次是送到江滨公园。

下午三点，蔡亚丁开着车，带上了那个很精美的包装盒。

包装盒是用来装正规的玩具枪的，把真枪装里，的确真假难辨。

蔡亚丁来到了公园靠西门北侧第六个椅子旁，没等把这个包装精美的玩具盒放在地上，就被苏岩弄进了旁边的一辆越野里。

蔡亚丁认识苏岩，开始他还假装镇静。

蔡亚丁说："你干吗呀？"

苏岩说："你这盒里装的是什么呀？"

蔡亚丁说："是玩具枪呀！"

苏岩打开盒，拿出那支枪，一本正经地装上了子弹，对着蔡亚丁的脑袋说："真的是玩具枪吗？"

明知苏岩不会真的开枪，可面对着黑洞洞的枪口，蔡亚丁还是吓得口吃起来："是……真……枪！"

苏岩担任了支队长，局长明确让他负责支队的全面工作，像这种抓人的活儿，他其实用不着自己干。但抓蔡亚丁，苏岩不仅亲自来抓了，还要亲自审：

"你这个枪是哪来的呀？"

蔡亚丁说："是我捡来的。"

苏岩说："你在哪儿捡的？"

蔡亚丁说："我在家门口那个电表维修间里捡的！"

根据小区物业的监控，蔡亚丁确实是在那儿捡的。根据快递记录，那个快件也的确不是寄给蔡亚丁的。如果蔡亚丁一口咬定他不知道捡来的这个玩具枪是真枪，到了法庭上，还真拿他没办法。

苏岩说:“我现在都能抓你了，你还和我说这些有意思吗？”

蔡亚丁说:“苏大队，天地良心……”

苏岩说:“我现在是苏支队了！”

蔡亚丁说:“你都是苏支队了，对不起……”

苏岩还要去抓别人，没时间和蔡亚丁费口舌，他说:“你把你家对面的房子租了下来，对吗？”

蔡亚丁说:“没有啊！”

苏岩说:“租房子时你用的身份证是通过刘铁军买的，你留给快递件上的那个手机号，是通过梁燕买的。这个号你觉得买亏了，最后你还把梁燕给睡了……”

蔡亚丁说:“苏大队，不……苏支队，我……是被人雇的，我不知道枪是谁寄给我的，我也不知道要把枪送给谁。像今天，你都看到了，我被要求把枪送到这个公园靠西门北侧第六个椅子的下面……”

苏岩说:“那你知道我为什么在第六个椅子这儿等你吗？”

蔡亚丁说:“不知道啊，真的，苏支队，你怎么知道……”

苏岩把枪口伸进了蔡亚丁的嘴里，说:“你要是再和我说没用的，我可真开枪了。”

蔡亚丁的脸都白了。

苏岩把枪从嘴里拿出后，蔡亚丁就把乔炳发交代了出来。

【 11 】

苏岩过去在一大队搞案子，能动用的资源、能动用的手段是有严格限制的。担任了支队长，就方便多了。

抓乔炳发时，苏岩是带着一大队去的。大队里有几个跟苏岩出生入死的兄弟，这些人跟着他，苏岩能把心放进肚子里。

乔炳发在郊区有个挺像样的庄园。

怕惊动乔炳发，去庄园的路上，苏岩都不准越野车开灯。

郊区的路都是土路，有一段还是山路。

夏阳开着车，苏岩坐在旁边指挥："前面左侧有个大石头……右面有个坑，注意啊，贴这边走……"

蔡亚丁戴着手铐，坐在后面。越野车为了躲避石头、大坑不时起伏颠簸着。

蔡亚丁吐了好几次。

夏阳骂他："你晚上吃的是什么呀？怎么还一股萝卜味！"

蔡亚丁说："晚上我没吃萝卜呀！"

苏岩说："太恶心了，你赶紧把嘴闭上。"

可蔡亚丁不想闭，他要抓紧时间继续为自己开脱，他说："那个枪真不是我的，我只是送枪的！"

苏岩一会儿还要用他，便顺着他的话说："我怎么知道你只是个送枪的？如果我们这次找不到乔炳发，过去的那些枪就只能算在你的头上。"

蔡亚丁说："苏支队，请您相信我，乔炳发百分之百会在这儿！"

【12】

按照蔡亚丁提供的线索，苏岩顺着西面的围墙爬了上去。

他是支队长了，这种活儿应该是夏阳的，但夏阳都没和他争。

抓乔炳发很关键，弄出动静让乔炳发跑了，苏岩得骂死他。

苏岩踩着夏阳的肩膀刚刚爬上围墙，就看见了院子里的那个小三层楼。

蔡亚丁说乔炳发养了两条大狗，大狗在哪儿啊?

苏岩还在四处看时，才发现那两条大狗已经站在墙根下，正凶狠地看着自己。

两条大狗要是叫起来，肯定会把乔炳发惊醒的。

苏岩头上的汗一下子就冒了出来。

这时，蔡亚丁在墙外吹起了口哨。口哨声虽然很难听，可两条大狗却显得十分安静。

苏岩从兜里掏出两块肉，扔在了地上。

两条狗开始香甜地吃着，但吃着吃着就都吃困了躺在地上呼呼大睡起来。

苏岩跳进院子里，打开了大门。

夏阳等几个全副武装的民警，借着月光，迅速地冲进了小三楼。

苏岩没有跟着进去，立功授奖是需要细节的。支队长第一个冲进去，明显有抢功的嫌疑。

乔炳发被抓住押进了越野车里，越野车都开出去有一段距离之后，苏岩又让越野车开了回来。

苏岩喜欢狗，即便是罪犯养的狗，他也喜欢。

苏岩回到院子里，看见那两条大狗还在呼呼大睡。

苏岩先是把地上的剩肉捡起装进兜里，又从另外兜里拿出了几根火腿肠放在了两条大狗的身旁。

苏岩走到院子门口时，那两条大狗就醒了。它们俩爬起来，继续吃着地上的火腿肠，能感觉出格外香甜。

【13】

李良对苏岩产生芥蒂，除了因为被刘唐通过关系提拔了，也因为苏岩说了大话。释放刘元之前，苏岩说再有两天就能找到证据，可放了刘元两个月了，苏岩还是没找到。

警察搞案子，领导只看结果，不看过程。这弄得警察常常有苦难言。看着很像样的线索，能把警察引向歧途，毫不起眼的一句话却又能让案情柳岸花明。

“我看见蔡亚丁拿着个装玩具枪的盒子！”

就是这样的一句话引起了苏岩的兴趣。

蔡亚丁没孩子，他拿玩具枪干吗？

警察每天碰到类似这样的线索都会去查，但能查出结果的有千分之一甚至万分之一都不到。苏岩查到了，只能是他的运气好。

苏岩把因这条线索产生的成果向局长李良一一汇报。

各种银行票据，各种检验报告，一一摆在李良的面前。

李良逐一拿起并饶有兴趣地翻看着。

苏岩站在旁边则指着证物说着："这是案发所用的枪支，现在能证明是刘元在乔炳发手里购买的，您看这是技术鉴定……这个是银行转账凭证，钱凯、吴立波逃跑的资金能证明是刘元提供的……这是刘元从蔡亚丁手里购买的其他武器的证据……"

钱凯、吴立波两个人虽然推翻了自己的口供。但苏岩却围绕他们俩最初的口供，展开了详细而彻底的调查。现已拿到了几乎全部的证据。

苏岩说："有了这些证据的支持，刘元命令钱凯、吴立波枪杀聂树远等人，就足以形成完整的证据链。"

证据链的形成使得钱凯、吴立波的最初"言辞证据"成为了过硬的直接证据！

李良的脸上露出了笑模样。

苏岩说："现在抓刘元应该是没问题了。"

李良说："抓他是没问题了，可现在也很难抓到刘元了。"

苏岩说："不见得。"

一张长长的通话记录清单上，布满了密密麻麻的电话号码。

几乎每个电话号码旁都有钢笔、铅笔或圆珠笔留下的各种分析字迹。

苏岩指着电话号码 135 9650 8900，说：

"这个机主叫陈福利，陈福利有个司机叫彭凯。七年前，彭凯和刘元三姨家的徐丁在东北的监狱里一起蹲过。这个彭凯有个表弟，名叫庞培，庞培的媳妇有个闺密叫高缨，高缨后来和庞培好上了……"

李良说："过程不要讲这么细了。"

苏岩说："高缨的弟弟在西山脚下开了个农家乐，经过摸排，刘元就藏在那儿！”

证据有了，刘元的藏身之地也有了。

李良用一种温和的眼光看着苏岩。

苏岩继续说：“现在呢，最大的问题是如何抓刘元。刘元藏的这个农家乐，过去因为太黑，游客全都没了，现在如果突然去太多的陌生人，肯定会引起他们的警觉。另外，刘元、刘唐这些年与市局、分局有好多警察都有过交往，我担心，支队的个别警察如果立场不坚定……”

李良说：“苏岩你能告诉我，你的立场为什么这么坚定吗？”

苏岩被问愣住了，他这才看到李良正专注地看着自己。

苏岩说：“干吗这么看着我？”

李良说：“刘唐通过关系让你当了支队长，可你却利用了这个职务的便利，对他弟弟进行了彻底调查。如果刘元将来被我们抓起来，你怎么去面对刘唐呢？”

苏岩说：“李局，我其实挺难受的，过去刘唐没少帮我……但他再帮我，我也不能眼睁睁地看着他弟弟去犯罪呀！我是警察，上警校的第一天，我就在国旗面前宣过誓！我不能违背我的誓言！”

【 14 】

苏岩怕支队抓不到刘元，他向李良做了汇报。李良又怕市局抓不到刘元，他向省厅徐永年作了汇报。

徐永年说：“我要亲自去抓刘元。”

李良说：“那不用吧，你派总队来就足够了。”

徐永年说：“不够，抓刘元这件事省厅要高度重视。”

平时，省厅能来个主管的副厅长就已经高度重视了。

李良说：“徐厅，您这么忙……”

徐永年说：“我不忙。李局啊，你怕我下来瞎指挥，是吗？”

李良说：“您是全国的刑侦专家，您能亲自来，我太高兴了，但我就怕这会对您有影响啊。”

徐永年说：“既然省厅牵头来抓刘元，我来不来，影响都会有的。”

刘唐在地震中建的那所希望小学为他带来了太多的荣誉。这太多的荣誉几乎挽救了当时已经穷途末路的刘唐。

刘唐由此明白了荣誉的重要性。

这些年，刘唐不停地到处捐款捐建。全省首善之名，已经被他揣入怀里。

按照个人财富，刘唐在省里排不到前面，但由于已经是首善了，使得他在富人里名声最大。整来整去，刘唐除了首善还整成了首富。

已经是首善了、首富了，在省里自然也就有点举足轻重了。

刘唐也充分地利用了这一点：

“省里有人看我不顺眼，想要抓我弟弟，其目的就是为了抓我刘唐。”

根据目前的证据，抓了刘元，最终真有可能把刘唐也要抓起来。而刘唐在社会上散布了那么多的言论，毫无疑问会让警方在抓他时陷入两难！

李良说：“为了跨越式发展，省里今年对招商引资的工作还会下更大的力度，在这种状况下，你真要是把首善首富给抓起来，省里对你本人会不会有看法呀？”

徐永年说：“现在省里对我已经有看法了，张景春在会上两次对我不点名进行了批评。”

李良说：“是吗？张景春有点过分了，他也不分管你……”

徐永年说：“张景春那种人批评我，我真不太在乎，我在乎的是社会的舆论啊！”

是啊，把首善抓起来，人民有想法，把首富抓起来，商人有想法。

李良说：“刘唐过去在市里就这么干过，他让公司的员工到市政府去喊口号！”

徐永年说：“口号喊的是什么呀？”

李良说：“喊的是‘我们要工作，我们要吃饭！’”

徐永年说：“口号喊出了人民的心声。”

李良说：“是啊，如果刘唐在省里也让他集团的员工去这么喊，该怎么办？”

徐永年没吱声。

李良又说：“把首富抓起来，其他的富人要是害怕了纷纷撤资离开了省里，又该怎么办？”

徐永年忽然激动起来，他说：“抓了刘唐，如果人民有了想法，那一定只是与刘唐有关的少数人，这些人代表不了人民，抓了刘唐，如果商人有了想法，那说明这些商人自身也有问题，他们心里有鬼甚至是有罪，这样的商人，我们省里也不欢迎！李局啊，我们抓个刘唐，你自己不要想的太多。”

李良说：“我自己没想多，我是替你……”

徐永年说：“你要是替我想就更不对了。不要忘了，我们是警察，省里出了这么大的案子，发现了这么大的罪犯，我们身为警察却不作为，那就是对人民的犯罪！”

【 15 】

漆黑的山路上，一排车灯由远及近。一辆辆越野车迅速地行驶着。

苏岩坐在第一辆越野车上带路。

为了绝对保密，市局只有他和李良参加了省厅的这次行动。

来的警察全是省里的武警。

具体指挥行动的是武警的政委，他叫孙喜远。

路上孙喜远没怎么吱声。

车队快要接近目标时，苏岩有些担心，这么多的车灯在山路上晃来晃去，非暴露不可。由于是第一次参加省里的行动，他也不太好提醒。他说：“孙政委，咱们能不能慢点儿？”

孙喜远说：“干吗要慢点儿？”

苏岩说：“这样可以把灯闭上呀。”

孙喜远说：“闭灯来得及。”

见孙喜远这么说，苏岩只好不再吱声。

又过了大约一公里，孙喜远面前的一个监视器发出了提示音。

孙喜远拿出对讲机，小声地说：“我是 001，一分钟后，关掉车灯。”

对讲机里不停地传来答复:“002 明白。”“003 明白。”“004 明白。”……

一分钟后，山路上正在行驶的越野车纷纷关掉了车灯。

车灯关掉了，但越野车的车速丝毫不减。

坐在车里的苏岩这回是见了世面。

司机戴着一个类似头盔的装置，平静地驾驶着越野车。

风挡下方的导航屏幕上，正清楚地显现着前面的道路状况。

【16】

刘元藏的地方是一个带着大院子的“农家乐”，它离山路不是很远。怕暴露，车队离得老远就都停了下来。

徐永年、李良从车里下来，站在路旁的阴影中。负责技术的警察们摆弄着令人眼花缭乱的仪器。苏岩和孙喜远带着武警们向那个农家乐摸去。

农家乐亮着灯，门前还停着一辆丰田越野车。因为带路，苏岩第一个来到门前，但正准备行动的时候，他被一个武警拦在了身后。

二十多名武警分六组包围了小院。

武警们训练有素，有的负责前门，有的负责后门，有的负责窗户。他们全都戴着耳机，孙喜远说了声“开始”后，武警们几乎同时冲了进去。

苏岩的心一直提着。武警枪法准，又都是年轻人，遇到开枪抵抗的，也是真不客气。刘元有枪，手下也有枪，与武警交上火了，都给打死了也麻烦。

警察抓人都希望活捉。捉活的才能有口供，有了口供才能破更多的案子。

怕刘元被打死，苏岩是紧随着武警冲了进去。

农家乐是一排平房，里面有厨房、客房等。由于客人少，连厨师都没有，只有三个服务员。三个服务员是两男一女，突然见到来了这么多的警察全都吓傻了。

武警们将他们控制后，便挨个房间搜查。苏岩进来之后，看到这个情景，就感到不妙，他问其中的一个服务员："看见刘元了吗？"

服务员说："谁是刘元啊？"

苏岩拿出了刘元的照片，让服务员看。

服务员说："他不叫刘元啊！"

苏岩说："他叫什么？"

服务员说："他叫汤元。"

苏岩说："不管他叫什么元，赶紧告诉我，他在哪儿？"

服务员说："他走了。"

苏岩说："他什么时候走的？"

服务员："他走快一个小时了。"

【17】

通过技术手段调查，刘元之所以在行动前的一个小时逃走是因为有人向他通风报信。

苏岩的肠子都悔青了。正常来说，知道了刘元的藏身之处，就应立刻来抓他。苏岩没抓是怕支队里有通风报信的。

李良的肠子也悔青了，他没抓也是怕局里有通风报信的。

徐永年的肠子更是悔青了。他没用刑警、没用特警、用的是武警，就是怕厅里有通风报信的。

他妈的，那究竟是谁向刘元通风报信？

徐永年命人连夜追查。

结果在天亮前出来了，问题还是出在益州市公安局内部。

【 18 】

上午，李良召开了科级以上干部会议。他要求参会者一律不准携带武器，并命令市局纪委书记罗杨带着武警守在门外。

这是要会上当场抓人呐！

参加会议的干警面面相觑，相互猜测谁会被带走。

会议开始，李良先通报了昨天夜里省厅在益州采取的行动，接着便开门见山：

“厅里这次采取的特别行动是在夜里 11 时 52 分，为了绝对保密，这之前，省厅的技术部门对所在区域进行了信号屏避，但奇怪的是，11 时 45 分 13 秒起，省厅的数据出现了 17 秒的丢失。诸位，这说明了什么？”

公安局有些部门是秘密科室，这些科室的侦破手段，即便是本局干警也都毫不知情。

李良这么说显然是针对他们。

大家把目光不约而同地投向了这些科室的领导。这些领导中有个叫张明君的，表情极为复杂。

李良盯着张明君突然提高了声音："这说明，我们内部有人可能向犯罪嫌疑人刘元进行了通风报信！"

大家看到局长盯着张明君，也都跟着一起盯着张明君。

张明君如坐针毡，忽然，他转身把目光投向了不远处的副局长关浩然的身上。

局长李良心里基本有数了。

【19】

昨天省厅行动开始后，张明君找到了主管领导关浩然，告诉他一个奇怪的现象："几个本来属于市局的频道，一个小时前，被省厅强行占据了。"

关浩然说："省厅今晚在这儿是不是有行动啊？"

张明君说："不能有，我没接到通知！"

关浩然说："既然没接到通知，那就打开备用频道看看吧！"

张明君说："这是不允许的。"

关浩然说："没关系，出了问题，我来负责！"

早晨开会前，张明君又找到关浩然说："省厅通过外网对我们的数据进行了检查。”

关浩然说：“查到什么了吗？”

张明君说：“应该是没有。这之前，按照您的指示，我已经删除了数据。”

关浩然说：“你别害怕，这个事儿和你没关系。我让你删除数据时，你已经录音了，是吧？”

张明君说：“是的。”

关浩然说：“如果这件事儿要是查到了你，你把录音交出去就完了。”

【 20 】

李良说：“现在科技进步了，我们利用科技去抓捕罪犯，某些人却利用科技来释放罪犯！当然了，我相信，某些人一定也会利用科技把犯罪的证据删除掉！”

李良一会儿盯着张明君，一会儿盯着关浩然。

两个人被李良盯得浑身不自在。删除数据本身也是证据啊！李良这么说，显然是希望这两个人能够主动投案自首。

李良最后说：“你们这些人想过没有，你们能够删除电脑上的数据，可你们心里的罪恶，你们将如何删除？”

说到这，李良还向墙指了指：

“当你们看着国旗的时候，当你们看着国徽的时候，你们心里能好受吗？”

【 21 】

会议结束后，张明君向李良举报了关浩然让其启动备用频道的事实。

李良把关浩然单独留在了会议室里，大声地质问他："你还是共产党员吗？你还是人民警察吗？"

关浩然说："这和共产党员和人民警察有什么关系，我无非是让张明君启动了一下备用频道而已。"

李良说："既然启用了备用频道，那你为什么事后还让张明君删除掉？"

关浩然说："我不想让省厅知道。"

李良说："你干吗不想省厅知道，你心里有鬼呀？"

关浩然说："我心里没鬼。"

李良盯着关浩然看，关浩然也盯着李良看。

关浩然说："李局长，不要这样看着我，我承认我和刘唐关系好，但这次通风报信真的和我没有关系！"

李良说："有没有关系，你心里知道。关浩然，我现在之所以这样和你谈，我是想给你个机会。"

关浩然说："我知道你是在给我机会，凭你目前掌握的这些证据，你完全可以把我交出去。"

李良说："如果你还是这个态度，那我就只能把你交出去了。"

关浩然说："你把我交出去，我还是这个态度。李局，请相信我，对刘元这个案子，我可以不作为，但我真的没有向他通风报信！"

关浩然说这些话时，自然而坦荡，这让李良不免犹豫起来。多年的公安生涯，使得警察普遍都有一双慧眼，只要全神贯注地盯着，对方是否撒谎一般都能被看出来。

李良说：“关局，就算这次真的冤枉了你，我也得把你交出去。”

关浩然说：“李局，你交吧！但你把我交出去之后，我建议你，还得继续查。这次，你真的冤枉了我，我再说一遍，向刘元通风报信的决不是我关浩然。”

【22】

还真不是关浩然！

向刘元通风报信的竟然是苏岩的手下夏阳。

开会的时候，当大家随着局长李良的目光一起盯着张明君，一起盯着关浩然看的时候，夏阳却不看。

于是，苏岩就盯着夏阳看。

没有抓到刘元的第一时间，苏岩对自己的手下就有了怀疑。这种怀疑并非出自不信任，而是职业的惯性。

掌握了刘元的证据可以抓刘元的这些情况，只有自己的手下最清楚。他们具备“作案”的基础。

所以，当看到夏阳那种表情时，苏岩心里基本有数了。

警察干久了都不用看，用鼻子都能闻出来。

以往苏岩看出来、闻出来时，是高兴是自豪是骄傲，这次是他妈的……歇斯底里！

散会后，李良把关浩然留在了会议室，苏岩把夏阳带到了办公室。

苏岩把门关上之后，就让夏阳跪下。

夏阳真的跪下了。

这更让苏岩发狂！这说明夏阳心里确实有鬼呀！

苏岩说：“是不是你干的？”

夏阳低着头，不吱声。

苏岩一脚把夏阳踢翻了，夏阳还是不吱声。

苏岩抓着夏阳的头发，说：“到底是不是你干的？”

夏阳还是不吱声。

耳光啪啪地落在了夏阳的脸上。

苏岩左手右手轮着打。

打完了耳光，苏岩就开始用脚。

夏阳捂着脸，把身体缩成了一团。已经被气得神思恍惚的苏岩，劈头盖脸地踢着踹着。

夏阳开始呆在原地不动，后来估计是太疼了，就顺着墙根四处躲闪。墙边的凳子、洗脸盆，也随之翻倒滚到了地上。

巨大的响声引来了其他警察，如果不是被拉开，夏阳非得被苏岩踢进医院里不可。

【23】

夏阳是苏岩的徒弟，师傅的优点徒弟学，缺点也跟着学。

为了破大案，苏岩过去急了对犯罪嫌疑人有过刑讯逼供。但苏岩心里有数，决不动手动脚，采取的都是精神恐吓法，这种方法需要算计，需要事先排练。

夏阳不是领导，对自己要求不像苏岩那么严，精神恐吓法费时费力，一次破个不是很大的案时，夏阳太心急了，就对犯罪嫌疑人动手动脚了。这样，犯罪嫌疑人就对夏阳产生了深深的恨意，狱中狱后只要有机会就去告夏阳。

于是，夏阳被许伟盯上了。

许伟是检察院某科的副科长。这个科有一部分工作就是盯着警察是否有刑讯逼供。

得知夏阳有这方面的嫌疑，许伟对他一直念念不忘。

这也是职业惯性！夏阳天天盯着罪犯，许伟天天盯着夏阳。

在苏岩带着省厅去抓刘元的当天，夏阳也被许伟带到了检察院。

许伟已经拿到了夏阳涉嫌刑讯逼供的证据，夏阳开始不信，许伟直接向夏阳出示后，夏阳傻眼了。

许伟说："这些足可以让你进监狱！"

警察不怕死但真的怕进监狱。特别是这种涉嫌刑讯逼供的警察如果进了监狱，被打死打残的比比皆是。

想到可怕的后果，夏阳就哆嗦，于是他开始哀求许伟。

许伟说："我可以不让你进监狱，但你得告诉我一件事儿。"

夏阳说："什么事儿？"

许伟说："你们是否还在查刘元？"

夏阳说："你问这个干吗？"

许伟说："干吗你就不用管了。"

夏阳说："你和刘元是朋友吗？"

许伟说："我和刘元不是朋友，我和他哥是朋友。"

夏阳说："快得了吧，你一个小副科级干部，刘唐会跟你是朋友？你被刘唐下药了吧？"

许伟被夏阳说到了痛处，半天没吱声。

夏阳开始做许伟的工作："许科长，不要和刘唐这种人再搅和在一块了，你放过我吧。"

许伟说："我放过你了，刘唐可就不会放过我了！"

夏阳说："那你也不能这样对待我呀！"

许伟也是被刘唐逼得没办法了，他说："老弟，反正你要是不告诉我，我就得把你送进监狱里。"

夏阳说："你把我送进监狱里，你也得进监狱。"

许伟说："所以呀，咱俩最好谁都别进监狱。"

夏阳说："你帮着刘唐干这种事儿，我进不进监狱，你都得进。"

许伟不信。刘元先是被抓，接着又被高调放了出来，这给社会上造成了很大的错觉。

许伟说："夏老弟，我问你的又不是什么大秘密，无非就是现在你们是不是还在查刘元，这有什么了不起的。"

【 24 】

苏岩说："那你就骗许伟，说咱们没在查不就完了。"

夏阳说："我就是这么骗许伟的，可许伟不信呢！我还和许伟说，你和刘唐是哥们，都被刘唐通过关系提拔了，你怎么可能还去查他弟弟刘元啊！"

苏岩说："这些话你他妈的都是后说的，你上来就和许伟讨价还价，你还做他的思想工作，许伟肯定不信你啊！"

夏阳说："我这方面经验不足。"

苏岩说："你这个笨蛋！"

警察过去都是审别人，现在突然被别人审，也确实发蒙。

夏阳说："后来，许伟这个王八蛋就开始打我！"

苏岩震惊了："他竟然敢打你！"

夏阳说："何止是敢打我，都快把我打抽了……"

夏阳说着说着，就流下了眼泪："我实在是受不了！"

眼泪弄了夏阳一脸，刚才被苏岩那么打都没这样！

夏阳脱了衣服，露出了胳膊："苏支队，你看，许伟把我吊起来打！"

苏岩没看夏阳的胳膊，直接抱住了夏阳的脑袋，两个人一起抱头痛哭。

【 25 】

李良在电话里就把检察长骂得是狗血喷头！

检察长放下电话也把许伟骂得是狗血喷头之后，才下令把许伟押起来。

许伟对夏阳那么疯狂，也是被刘唐弄得。许伟不像警察到处都有眼睛盯着，他的防范意识不是很强。都没给他喝药，只是把他灌多了，他就和女人上床了。

房间里有三个探头，从不同的角度，完整地拍摄下来。

当许伟看到视频里他酒后与女人淫乱的画面时，大脑一片空白。他这种身份，没人敢惦记。现在猛地被人弄成了这样，立刻乱了分寸。

他把夏阳弄到办公室又打又骂，明显就是失去了控制。

好在夏阳无论怎么打怎么骂始终也没说他们支队正在继续调查刘元。到最后，夏阳干脆闭上嘴一声不吭了。

但此处无声胜有声啊。

许伟把夏阳的表现打电话告诉了孙亚辉，孙亚辉又把许伟说的告诉了刘唐。刘唐与孙亚辉一分析，就觉得要出问题。

就这样，在武警即将赶到前，刘元逃之夭夭了。

【 26 】

孙亚辉被叫到了检察院。

孙亚辉承认与许伟通过电话，但对通话内容矢口否认。

孙亚辉说："我和许伟在电话里，谈的是文学呀！"

许伟平时也确实在搞些诗歌散文之类的东西。

孙亚辉说："许伟刚刚写了一首诗，他觉得写得实在是太好了，就在电话里念给我听。"

孙亚辉当场还背了出来：

亲爱的
我是爱情黑手党
爱你时，我能把骨头揉碎
恨你时，我能把铁轨拉直
今生今世
我要把你握在手心
啊！——含在心里
……

检察官也没问这首诗到底是不是许伟写的，就对孙亚辉说："行了行了，你别往下背了！"

孙亚辉说："干吗不让我背呀，这首许伟写得不是最好的，他还有首诗，我再背给你听听……”

检察官最后拿孙亚辉也没办法。

刘元已经跑得无影无踪。这种情况下，无法确定到底是不是通过许伟这条线跑的。

再说，许伟也确实没和孙亚辉说，刑警支队正在查刘元。

鉴于此，许伟没有对刘元通风报信。

鉴于此，夏阳也没有对许伟通风报信了。

但是最后，夏阳因对嫌疑人刑讯逼供被抓了起来，许伟因对夏阳刑讯逼供也被抓了起来。

【 27 】

公安厅长徐永年亲自带队到益州来抓刘元，结果刘元却跑了。这是很丢人的。

但这丝毫没影响到徐永年。

多年的警界生涯早已让徐永年看淡了个人荣辱。虽然没抓到刘元，但刘元涉案的证据已经坐实。

徐永年对李良说：“这个成绩很大啊！”

李良说：“成绩再大有什么用，关键时刻却让刘元跑了。”

徐永年说：“跑得了和尚，跑不了庙。”

为了鼓舞士气，徐永年离开益州前，特地在市局召开了一次干警大队，会上，他慷慨激昂地说："感谢益州市局对省厅工作的大力支持！相信在接下来的行动部署中，你们一定能够齐心协力，共同完成厅里交给你们的光荣任务。当然了，由于种种原因，使得重要犯罪嫌疑人刘元逃脱了，但他的逃脱，只能是暂时和短暂的！"

徐永年的声音到最后变得格外响亮："无论刘元逃到哪儿，就算他逃到了天涯海角，我相信，人民警察也一定会将其捉拿归案！"

【28】

通缉令（A级）刘元

公缉【20××】×号

各省、自治区、直辖市公安厅、局，新疆生产建设兵团公安局：

20××年×月××日，在××省益州市××区发生一起特大杀人案，致3人死亡。经查，刘元有重大作案嫌疑，现在逃。

刘元（在逃编号：T44××××××××××××11003）

……

【29】

苏岩给孙亚辉打电话：“忙吗？”

孙亚辉说：“有点儿。”

苏岩说：“见一面？”

孙亚辉说：“有事儿吗？”

苏岩说：“有点儿。”

孙亚辉说：“那就晚上吧！”

苏岩说：“晚上几点？”

孙亚辉说：“你等我电话。”

苏岩最不愿意听的，就是“你等我电话”。搁过去，他会说：“既然你这么忙就算了。”但这次苏岩什么都没说。吃完饭，他就等着孙亚辉的电话。

夜都很深了，孙亚辉的电话才打过来：“到会所吧！”

苏岩本打算找刘唐谈，怕刘唐有情绪，才决定和孙亚辉谈。

苏岩到会所时，孙亚辉已经站在门前了。门前空空荡荡。苏岩问孙亚辉：“怎么这么安静呢？”

过去会所门前总是灯红酒绿。

孙亚辉说：“会所现在是内部装修。”

两个人进了会所，孙亚辉把苏岩带到了一个很高档的茶室里。

孙亚辉说：“找我什么事儿，说吧？”

苏岩说：“刘元上了公安部的A级通缉令，你知道了吗？”

孙亚辉没吱声。

苏岩拿出了那张通缉令放在了孙亚辉的面前，孙亚辉简单地瞄了一眼。

苏岩说："现在你得劝劝刘总了。"

孙亚辉说："你想让我劝他什么？"

苏岩说："你得让他面对了！"

孙亚辉说："面对什么呀？"

苏岩说："面对现实呗！"

孙亚辉没吱声，看着苏岩。

苏岩说："不要再乱整了，你们把检察院的许伟整进了监狱，把公安局的夏阳整进了监狱……"

孙亚辉说："苏岩，你讲的我听不懂，许伟和夏阳什么时候进的监狱啊？他们进监狱和我们有什么关系啊？"

苏岩被问住了。孙亚辉对苏岩防范很深，苏岩只好继续说通缉令。

苏岩说："上了公安部的A级通缉令，抓不到刘元的可能性太低了，孙总，好好劝劝刘总吧，如果现在刘元能投案自首……"

孙亚辉说："苏支队，你说的这些我不清楚，刘元是否投案自首和刘总有什么关系？"

见孙亚辉这个态度，苏岩起身脱下外衣，让孙亚辉看："你怕我给你录音是吗？我不干这种事儿？"

苏岩正说着，刘唐忽然从里屋出来了，他对苏岩说："你不干这种事儿，那你是不是干过其他什么事儿啊？"

苏岩没想到刘唐一直在里屋，他急忙说："你好，刘总！"

刘唐说："我不好。"

苏岩主动给刘唐点烟，刘唐拒绝了。

苏岩只好继续说：“刘总，你弟弟上了公安部的A通，这意味什么，你清楚吧？”

刘唐说：“我不清楚。”

苏岩说：“你要是不清楚，那我就和你解释解释。从现在起，你弟弟面对的将不再是地方和省里，他面对的是国家！如果你弟弟始终不能归案，国家最后肯定会出手的。”

刘唐忽然拿起了一个茶杯摔在了墙上，并大声地喊道：

“你他妈的少拿国家吓唬我！我刘唐不是被吓大的！”

【 30 】

刘唐满嘴酒气，情绪差点失控，好在孙亚辉在旁边紧着劝，加上苏岩说话也温柔了许多，刘唐才算平静下来。

苏岩说：“唐哥，怎么还学会往墙上摔茶杯了？”

刘唐说：“苏岩呐，刚才我都想把茶杯摔在你脑袋上！”

苏岩说：“你这要干吗呀？”

刘唐说：“我要干吗，你不清楚吗？你装什么糊涂啊？”

苏岩说：“我没装糊涂啊！”

刘唐说：“那你来干吗不见我，非得见孙总啊，你这不明显心里有鬼吗？”

苏岩说:“我有什么鬼啊!”

刘唐说:“上次你欺骗了我,我不仅没有和你计较,反而我还把你提拔到了支队长……可你倒好,当了支队长之后,你却变本加厉地进行调查……”

苏岩说:“这么大的案子,我能不调查吗?唐哥,我是警察!”

刘唐说:“你不是警察,你是骗子!”

苏岩说:“你要非这么认为,我也没办法,但唐哥,你要想想,如果不是刘元干出了这么大的案子,我能骗你吗?”

刘唐说:“你骗我,你还有理了?”

苏岩说:“骗你我没理,但……”

刘唐说:“你但个屁啊,苏岩,我只问你一句话,我刘唐做过一件对不起你的事儿吗?”

苏岩说:“那没有。”

刘唐说:“没有,你干吗要这样对待我,难道你的心全都被狗吃了?”

刘唐说这番话时,都有些哽咽了。

苏岩怕再引起新的冲突,只好说:“唐哥,你今天喝酒了,我不和你解释那么多了,但有句话呢,我要告诉你,我欠你的,将来我都会还给你!”

【 31 】

苏岩离开会所时已经是深夜了。他这次来真的是想好好劝劝刘唐，怕刘唐不理解，他才找孙亚辉先聊聊。

刘元上了公安部的 A 级通缉令，这等于对刘元进行了宣判。如果刘唐再试图进行阻碍，那就是搬起石头砸自己的脚。

苏岩来劝刘唐真的是在为刘唐考虑！

这个时候，刘唐如果能悬崖勒马，积极配合公安机关抓住刘元，那么对刘唐绝对是有好处的！

但酒后的刘唐那样说苏岩，苏岩自己也心灰意冷了。苏岩本以为见多识广的刘唐能够认清大局，没承想，刘唐却还在和苏岩说什么良心被狗吃了之类的屁话。

苏岩有点生气了。

你刘唐是没有做对不起我的事儿，但你和你弟弟做了那么多对不起人民对不起国家的事儿，你们自己不清楚吗？

我苏岩不查你们，难道你们就能逍遥法外了！

刘唐啊，刘唐啊，你他妈的可真够愚蠢的！

……

苏岩被刘唐说得内心十分堵得慌，他在车里光想着刘唐如何如何愚蠢了，就没太在意危险正向他慢慢靠近。

【 32 】

苏岩开车来到了一个十字路口时，红灯亮了。

苏岩便停下来，点燃了一支香烟，等着红灯变绿灯。

点烟的时候，通过后视镜，苏岩看到了一辆越野车，正飞快地驶来，他意识到了危险。他丢下香烟，推上挡正准备离开时，越野车便已经结结实实撞了上来。

一声巨响。

轿车被顶了出去。

越野车积蓄的动能很大，苏岩的破广本车直接被顶翻了。

苏岩在车里毫无办法，他只能紧紧地握着方向盘，任凭身体随着车辆不停地翻滚。

【 33 】

开车撞苏岩的，是刘唐的保镖郭子强。

郭子强开的是越野车，他又系上了安全带。所以，这么严重的撞车，他自己几乎没受什么伤。

撞完车，他没有跑，还打电话帮着叫救护车。

交警来了，他对交警说："刘总送给苏哥一件衬衣，苏哥忘拿了，我着急追苏哥，没承想给撞上了。”

郭子强没有喝酒，车里的确有一件他所说的衬衣。

经技术鉴定，郭子强所开的这辆越野车的刹车系统又确实是出现了问题。

这属于涉嫌交通肇事罪，就算把苏岩撞死且负事故全部或主要责任，郭子强在监狱里也待不上两年！如果苏岩没死，而且不负事故全部或主要责任，郭子强都可能用不着进监狱。

【34】

刘唐恨不能当场就把苏岩撞死！

他提拔了苏岩，以为苏岩就算不感激也不至于再和他作对。没承想苏岩找到了证据，让刘元上了公安部的A级通缉令。上了通缉令不说，苏岩还来让他劝说刘元去投案自首……

刘唐真的是忍无可忍了。他弟弟刘元杀人不眨眼，他比他弟弟其实是有过之而无不及。

很多年前，王永成向他挑战，结果被他派人弄死了，又是很多年前，祁民把他得罪了，当祁民知道刘唐要派人也要把他弄死后，吓得屁滚尿流，连夜逃出了益州再也不敢回来……

现在的苏岩比王永成比祁民对刘唐的伤害大得太多太多，刘唐不杀苏岩实在是难平心头之恨！

所以，他派郭子强去撞苏岩是知道后果的。郭子强过去干过这种事儿，他知道怎么撞既能把人撞死，还能让警察以为自己这么撞只是交通肇事。

好在郭子强去撞苏岩之前，孙亚辉提醒郭子强说：

“刘总喝酒了，你撞的时候要小心，尽量不要把苏岩撞死！”

孙亚辉明白，只要人不死，一切就都可以控制！

【 35 】

抢救期间，市里、局里的领导来看望苏岩，刘唐、孙亚辉也来看望苏岩。刘唐当时还满脸流泪，顿足捶胸。

经过三天两夜的抢救，苏岩的命是保住了，但将来会不会瘫痪不好说。

那天夜里，刘唐和孙亚辉又来看苏岩。

苏岩特地把孙亚辉支开了，和刘唐很亲密地交谈着。

苏岩说：“刘总，谢谢你，你这么忙还来看我。”

刘唐说得也很道貌岸然，在他确认房间没有监听设备后，就开始原形毕露，他说：

“苏岩，我本来想把你撞死。”

苏岩说：“唐哥，你干吗这样恨我呀？”

刘唐说:“干吗这么恨你，你不知道啊，你的脑子是不是被撞坏了？”

刘唐把苏岩对他干的那些事又都说了一遍。刘唐一边说一边气得要命。

苏岩见刘唐的火上来了，便不动声色地继续往里浇着油:“唐哥，你别生气了，我这么干也是没办法！”

刘唐说:“怎么没办法？难道你这么干还有人逼你了？”

苏岩说:“没人逼我，是我在逼我自己，我这么干就是想立功啊！”

苏岩说得实实在在:“唐哥，就像你总是无法控制你自己挣钱一样，我也总是无法控制我自己破案，真的，一见到大案要案，我的心就像打了鸡血似的……”

刘唐起身来到了苏岩的跟前，静静地凝视着他。

苏岩说:“唐哥，你想想吧，像你和你弟弟这样的大案，全中国能有几个？你说，这么大的案子，我能不去破吗？就像你遇到了你想干的女人，你能不干吗？”

刘唐的手已经摸到了苏岩的脖子。苏岩还在说:“唐哥，现在你能理解我了吧，我为什么那样骗你，我就是想破案啊！”

苏岩说的这些真话、实话，并非是想让刘唐理解自己，他这样做是想刺激刘唐。

刘唐被苏岩这么刺激之后，他的手开始用劲儿了。他掐着苏岩的脖子，让苏岩几乎说不出话来。

这个时候，苏岩就是想让刘唐掐死自己！

苏岩知道自己被撞成这样，估计不瘫痪也够呛再能站起来了。

整天躺在床上，坐在轮椅里……

这样的人生，太他妈的窝囊了！

这样的人生，他妈的，我宁可不要！

既然人生不想要了，苏岩就开始要阴谋诡计了：

只要刘唐把我掐死，我的尸体就成了证据！

有了这个证据，就可以把刘唐绳之以法！刘唐被绳之以法了，刘元肯定也会被绳之以法了！

可惜呀，苏岩想得美！

刘唐把苏岩掐得快上不来气的时候，就把手松开了。他说：

“苏岩，你这个王八蛋，你就是想刺激我，让我把你掐死对不对？我他妈的才不上你的当呢！”

苏岩被揭穿后，露出了绝望的目光。

刘唐这时反过来刺激苏岩了：“你看你这个熊样吧，苏岩，你现在是不是想一头撞死在墙上？”

苏岩说：“我现在站都站不起来，我怎么一头撞死在墙上啊？去你奶奶的吧，不要在这儿气我了，你赶紧滚吧！”

苏岩本来想要气刘唐，结果被刘唐给气了。

刘唐把充满韭菜味的嘴俯在苏岩的耳边，不紧不慢地说：“大夫说你今后站不起来了，别怕啊，我会给你买最好的轮椅，我让你天天坐着轮椅来看我！”

苏岩说：“我看你什么呀？”

刘唐说：“看我如何幸福地生活呀！”

苏岩说：“别吹牛逼了，你很快就要被抓起来了，你弟弟都已经上公安部的通缉令……”

刘唐说：“上公安部的通缉令又能怎么的？告诉你吧，我弟弟就算上了联合国的通缉令，你们也休想抓到他！”

苏岩说：“那咱们就走着瞧吧！”

刘唐说：“你走着瞧不了，你今后得坐在轮椅上，你能爬着瞧就不错了。”

苏岩真怕今后是这个样子，刘唐这么说，苏岩气得说不出话。

刘唐继续气苏岩：“不要高估你们自己了，你们奈何不了我刘唐。你们不可能抓住刘元，抓不住刘元，这辈子，你就只能坐在轮椅里看着我吃香的喝辣的！”

刘唐说得很对，抓不住刘元，也确实定不了刘唐的罪。

苏岩心想：我这辈子，搞不好真的像刘唐说的，要永远坐在轮椅里看着他一直逍遥法外了。

强烈的悲愤猛地涌了上来，苏岩把口腔里一股浓浓的鲜血喷在了刘唐的脸上。

【 36 】

苏岩吐血之后又被推进了手术室继续抢救。

天亮之前，局长李良一直待在医院的走廊里来来回回地走着。

大概是心里实在是太难受了，李良走出了医院，站在漆黑的天宇下，给厅长徐永年打电话。

徐永年一直在等着李良的电话，电话通了第一句就问：“苏岩怎么样了？”

李良说：“还在抢救。”

徐永年说：“有危险吗？”

李良说：“不知道。”

徐永年在电话里感受到了李良内心的凄凉。他说：“你现在很难受，是吧？”

李良说：“是的。”

徐永年说：“不要难受，苏岩不是还在抢救吗？”

李良说：“我不是光对苏岩难受……徐厅，我现在感觉益州这里的天，他妈的也太黑暗了吧！我想给部里写信！”

徐永年说：“你要写什么？”

李良说：“我要写中国有两个地方没有解放，一个是台湾，另一个就是益州。”

徐永年说：“李良啊，你冷静点儿！你是共产党员！”

李良说：“正因为我是共产党员，我才没法冷静。”

李良说出这样的话，徐永年能理解。最近连续发生的事儿，也把徐永年弄得心情很糟。

为了安慰李良，徐永年只好小声地说：“李良，既然我们都是共产党员，那我们只能相信共产党。现在毕竟还是共产党的天下，共产党就算仅仅为了保天下，也决不允许益州这样的黑暗永远黑下去！”

第四章 CHAPTER 4

【1】

三年又两个月之后的一天上午，天空晴朗，明媚的阳光撒满大地。

苏岩开着那辆早已修好的破广本，驶入公安局的院子里，特地把车窗全都打开了。

阳光随微风一起涌进车里。

苏岩沐浴在明媚的阳光里，气色比以前好了许多。

苏岩下了车，步履有些蹒跚地走进了公安局的办公楼。

走进局长李良的办公室时，苏岩特地把腰直了直。

李良看到苏岩进来，急忙起身迎了过去，他说："你哪天回来的？"

苏岩说："昨天晚上。"

李良来到跟前，要搀扶苏岩。

苏岩说："局长，您不用扶我，我现在都能开车了。"

李良说："是吗？"

苏岩说："我今天就是开车来的！"

苏岩说话经常没准儿，李良把苏岩让到了沙发上，还是很担心：“这次手术完，你感觉怎么样？”

苏岩说：“强多了……”

李良说：“既然强多了，来，走两步，我看看。”

苏岩只好起身在李良面前走了走。

李良说：“感觉还是不太利索，苏岩，你再到上海去看看吧！”

苏岩说：“不用看了，我现在不用拄拐，都能自己开车了……”

李良说：“那你的腰还疼吗？”

苏岩说：“早就不疼了。”

李良说：“那下雨阴天……”

苏岩说：“下雨阴天我也不疼了，李局，我的身体，您就不用担心了，我今天着急见你，是想和您说个事儿！”

李良说：“什么事儿？”

苏岩拿出了几张纸，放在了李良的面前。李良拿起翻看着。

苏岩说：“这三年来，不管是市局负责，还是省厅牵头，追捕组至少有三次可以抓到刘元，但每次却都在关键时刻……”

说到这，苏岩叹了一口气：“李局啊，不能再这样下去了。这是我昨天夜里想出的办法！”

李良放下了手里的那几张纸，却皱起了眉头：“你这个办法……有点太出格了！”

苏岩说：“不出格的话，公安部就不会重视！李局，刘元这个案子太特殊了，现在靠市局和省厅根本解决不了。”

李良说：“解决不了，我们可以通过正规渠道去反映啊，你这么干，我不能批准！”

苏岩说：“您不批准，我也要这么干！”

李良不再说话，想着什么。

苏岩说：“这次呢，完全是以我们个人的名义，我们不占用工作时间，去的这些人又都是追捕组的，部里就算下来追究，我们也没有任何弄虚作假……”

李良说：“苏岩，你不能难为我，你们干的这个事儿吧，不是我不批准，而是我没有这个权力。如果你们还要坚持去的话，那我只能向厅领导汇报，知道吗，这同样会令厅领导为难……”

李良这么说，苏岩心里就明白了。

苏岩马上说：“李局，您别为难了，我们不去了。”

【 2 】

盛唐大厦很高很雄伟。刘唐到省里发展的初期，他的实力还很有限。孙亚辉对他说：“咱们就这么几个员工，用不着建这么高这么大的办公楼！”

刘唐不同意：“什么叫用不着？我们建办公楼不是用来办公的！”

孙亚辉说：“办公楼不用来办公，那你建它干吗呀？”

刘唐说：“办公楼不是给我建的，我是给银行建的！”

果然，办公楼刚开始建，就抵押给了银行。

虽然是抵押，刘唐却一点儿没吃亏，因为办公楼被某评估机构评得老高老高。

孙亚辉当时还很担忧地问："这么高，银行能干吗？"

刘唐说："银行肯定是不干，但银行的王行长肯定会干！"

刘唐这么说，孙亚辉就明白了。

果然，盛唐集团用那种方法把银行的王行长拿下后，王行长就开始想方设法为企业排忧解难了。

盛唐集团经营需要钱，银行给贷款；贷款需要抵押，刚刚修建的盛唐大厦就抵押给了银行。

盛唐集团没钱还贷款，盛唐大厦自然归了银行。归了银行，银行无法管理还得花高价请盛唐集团管理……

这个属于银行的大厦最后变成了不良资产。不良资产在拍卖时，刘唐以非常低的价格，又把这个大厦回购到自己的名下。

通过贷款、抵押、回购，刘唐仅仅在盛唐大厦这个项目上就赚了很多的钱！

当然了，现在的刘唐已经不用这个方法赚钱了，他有了更好的赚钱方法。

更好的赚钱方法为刘唐赚了更多的钱。有了更多的钱，孙亚辉建议刘唐："我们应该建个更高更大的办公楼！"

刘唐却说："办公楼是用来办公的，我们就这么多员工，没必要去建更高更大的办公楼。"

刘唐没有建更高更大的办公楼，他自己也没搞清到底是什么原因，抑或不想太张扬，抑或对以往产生了怀旧。待在这座记录他成长的大厦里，他总能感慨万千，总能念念不忘。

刘唐经常伫立在大厦的门前，一边看着过往的行人，一边看着穿短裙的女孩露出雪白的长腿……

【 3 】

顾琪的腿长且直，穿的裙子类似旗袍，走路时，雪白的腿差不多全都能露出来。

刘唐很喜欢这种时隐时现的裸露方式，所以他的眼睛一直在盯着顾琪的腿。

顾琪从刘唐的面前走过，刘唐都没看顾琪的脸。

顾琪说："看什么呀，刘总，不认识了？"

刘唐把目光抬起，才说："啊呦，顾老师，你怎么来了？"

顾琪说："别管我叫老师好不好？"

刘唐说："我在你身上学到了很多东西，我当然得管你叫老师了。"

顾琪说："刘总啊，别这样讲话好不好？"

顾琪学过播音主持，声音很好听。

其实，顾琪长得也不错，但过去刘唐睡她主要是因为她的腿。他认为，这么好看的腿，应该不会太差。可睡了一次刘唐就不想睡第二次。怕纠缠，他给顾琪买了一辆广本。孙亚辉当时问他为什么要买广本，刘唐笑道："郭子强说广本属于看着还行，开着一般的那种！"孙亚辉当时都笑出了声。

顾琪说:“刘总，你在想什么呢？”

刘唐说:“我在想你呢！”

顾琪说:“别瞎想了，今天你们这是要干什么呀？”

顾琪接到了公司的短信，说公司今天在大厦门前搞个活动。

刘唐说:“搞活动，我怎么不知道。”

两个人说话的时候，又陆续来了很多记者。

刘唐虽然是公司的董事长，但公司每天具体干什么，他不是很清楚。他正想给孙亚辉打电话问问时，苏岩来到了刘唐的面前。

刘唐露出了惊讶的眼神。

苏岩是穿着警服来的。他穿警服的时候很少，一般都是在局里开会时才穿。

穿着警服的苏岩十分威严。

刘唐说:“你怎么来了？”

苏岩说:“你们公司不是搞活动吗？我来负责维持秩序！”

苏岩是益州的警察，公司搞活动也用不着他来维持啊！

刘唐指着周围的记者:“他们都是你给发的短信，对吗？”

苏岩答非所问:“我听说，你们公司给我买了三个轮椅，有一个还是镀金的对吗？”

刘唐说:“苏岩，你个王八蛋，你今天要在我这儿搞什么阴谋诡计？”

苏岩接着说:“那个镀金轮椅，你是不是给自己买的？”

刘唐不再理苏岩，他预感到，接下来在公司的门前可能要有大事发生。

【4】

将近三百名人民警察举着横幅，威严地走在大街上。

他们穿着崭新的警服，迈着整齐的步伐，一个个还皮鞋铮亮！

群众起初不在意，以为这些警察是值勤的，可值勤的哪有打标语的？

妈呀，这些警察是游行的！

巡逻值勤的警察蒙了，游行示威是需要提前申请的，这些来游行的警察得到批准了吗？

巡逻的警察还没寻思过味，游行的警察就把盛唐大厦包围了。

当然，包围只是形式。

这些警察没有佩带枪支，他们站在大厦的门前，只露出了威严的目光。

顾琪看傻了，等她想起采访时，其他记者已经把苏岩围在当中。

苏岩拿出了自己的工作证，首先声明："这不是公安局组织的，我们这些警察是个人行为！我们一致认为，被公安部通缉的重要逃犯刘元迟迟不能被抓获，主要是因为他的哥哥刘唐在暗中包庇！"

苏岩不这么说，记者们其实也都猜出了他要说的内容。

因为在警察们举起的横幅中，白纸黑字写得清清楚楚：

盛唐集团包庇逃犯刘元

苏岩搞的这个活动，即便记者不来，影响也得很大。

现在大家都有手机，都有相机，拍了照片，弄到网上，比记者要快得多。

果然，没等报纸媒体登出来，网上有关“中国警察首次游行示威”“大批警察包围盛唐集团”“盛唐集团包庇逃犯刘元”的各种消息、照片就已经铺天盖地了。

【5】

省厅成立文联大会，徐永年起初没打算参加，后来听说李良带着马三来了，就决定不仅到会，会后还要和参加会议的文艺工作者一起吃饭。

马三是益州市公安局一名普普通通的民警，业余时间喜欢写东西。警察写东西大都不正规，但马三这种不正规的写，却写出了名堂。作品纷纷抢滩国家级期刊。徐永年太忙，平时对文学之类一点不关心，上次到益州，因为李良给了他一本马三写的小说，他才对马三有了印象。

徐永年过去不太重视公安文化，他认为，警察去写诗去画画属于“不务正业”，但他对公安宣传却格外重视。

徐永年说：“我们警察手中要有两条枪，既要学会用手中的枪去打击罪犯，也要善于把手中的笔变成枪，去服务人民！”

厅里政治处开这个文联成立大会，因为知道厅长要参加，便把全省公安系统搞宣传的警察，也都召集起来。

徐永年到了会场，见到来了不少搞宣传的警察，心情格外地好，他在会上就直抒胸怀:“你们既是警察又是记者,你们既要履行警察职责去流血牺牲,又要用手中的笔,为警察书写壮丽文章。你们是警察,但你们比警察优秀,你们是记者,但你们比记者艰难。这里,我代表厅党委向你们并通过你们向你们的家属致以崇高的敬意!”

当厅长起身敬礼时,台下所有的警察也都一起向厅长敬礼。

敬完礼之后,厅长开始点名表扬与会的警察:

毕晓杰,你在省报上发表的那个《“5·19”侦破纪实》,我看了。你这个侦破纪实,写的虽然是案件,但通过案件,你更多地写了警察在侦破过程当中的艰难,很好!

沈天光,你写的全国优秀人民警察胡长斌的长篇通讯,我看了,非常不错。胡长斌是你们单位的吧……让他请你吃饭……他没钱……让你们市局买单。

吴志忠,你写的那个《警嫂朱正林》,我看了三遍,不瞒你说,我流眼泪了。你写的虽然是警嫂,但人们看到的却是警察的辛酸!吴志忠的领导来了吗……回去要好好重用像吴志忠这样的警察人才!

……

【6】

中午开完会,被厅长点名表扬的全都留下与厅长共进午餐。

徐永年说:“今天,你们的身份不是警察了,是记者,所以,你们可以喝酒，我们不能违反纪律，我们就只能以茶代酒了。”

虽然以茶代酒，徐永年喝起来也是一杯杯地干。

喝到高兴的时候，徐永年问：“马三来了吗？”

马三站立敬礼：“报告厅长，我是马三！”

徐永年挥手把马三叫到了跟前：“你这个马三是笔名吗？”

马三说：“报告厅长，是真名。这是我爷爷给我起的！”

马三说了他爷爷为何给他起这个名字后，徐永年笑了。

徐永年对那些警察记者说：“你们今后要向马三学习，除了写报道，也要像他一样写小说！”

接着，徐永年开始和马三谈起小说里的人物，什么谁谁谁不应该死得那么早，什么谁谁谁应该最后被枪毙。

徐永年说：“马三，我给你提个建议，今后你再写警察不要光写民警，你要写写科长，写写局长！”

马三说：“厅长，我是一个民警，我写不了科长。”

李良在旁边马上表态：“回去我就把他提拔当科长。”

徐永年不同意：“不要提拔他，当了官，他别再犯错误。再说了，他写科长，就提拔他当科长，那他要写局长写厅长写部长呢？”

李良想想也是。

徐永年对马三说：“虽然不提拔你当领导，但你可以体验去当领导！李局长，你们今后再开班子会，可以让马三列席！”

李良说：“是。”

徐永年说：“另外，李局长，你也可以把你的办公室让给马三一天，让他到你办公室打打电话，看看文件，体验一下当局长的滋味！”

李良说:“我觉得应该让马三到您的办公室去体验一下，让他尽快写出一个公安厅长是如何工作的!”

这句话说到了徐永年的心上，徐永年马上说:“行啊，没问题啊!”

最近，电视台正在热播一部电视剧，其中就有描写公安厅长的。

李良问徐永年:“厅长，那个剧，你看了吗?”

徐永年说:“我只看了一集，但没看完，我就差点没气抽过去!”他问马三:“作家同志，你是警察，你最有发言权，你说心里话，电视剧里的那个厅长，他的水平如何?”

马三说:“我认为他都不如我们派出所副所长的水平!厅长，您别生气，现在的电视剧都是胡编乱造，一点都不真实!”

徐永年说:“既然不真实，那为什么这个剧还能播出呢?”

马三说:“因为这个剧写的是腐败，是主旋律!”

徐永年说:“什么他妈的主旋律，我看这是歪旋律!写腐败就叫主旋律吗?你以为我不懂吗?你们这是在恶意地讽刺党挖苦党。”

徐永年突然发火，大家全都面面相觑。

徐永年说:“你们这些作家写起贪官污吏一个个写得有血有肉有情有义，可写起党的干部，不是假大空就是高大全。你们表面上好像在歌颂党，可是，就算你们把党的干部都写到了天上有什么用?你们写得如此虚伪，老百姓根本就不相信。到头来，人民群众只相信有真的贪官却不相信有真的清官!你们这是变着法儿骂党啊!”

徐永年越说越激动，他指着马三的鼻子:“你说说你们这些作家，你们天天吃着共产党的，喝着共产党的，回过头就骂共产党。先不说你们这么做是否对得起党，你们就这么做人都不够格啊!”

马三吓得直哆嗦。

李良急忙对徐永年说：“厅长，那个电视剧不是马三写的。”

徐永年这才缓过神来，他急忙拍着马三的肩膀，温和地说：“小马啊，不要往心里去啊，刚才发火，我不是冲你。你不知道，你们局长今天给我捅了一个天大的娄子！”

【 7 】

李良说：“他们今天这么做，我没有批准，苏岩这个王八蛋当时已经向我保证，这个活动他们不做了，可谁承想……”

徐永年不想听李良的解释，他叉开话题，问：“刚才我发火，马三吓够呛吧！”

李良说：“可不嘛，吓得他腿直哆嗦！”

徐永年说：“上午开会的时候，我讲话还有什么不冷静的地方吗？”

李良说：“那没有。你讲得慷慨激昂，只是……有点太明显了！”

徐永年说：“明显什么？”

李良说：“今天是文联大会，可在会上你对那些唱歌的、画画的基本没怎么提，你对警察里的记者和作家却赞不绝口……”

徐永年说：“作家不也属于文联吗，我表扬警察里的作家没毛病啊！”

李良说：“有毛病谁还敢管你啊！你是厅长，这个文联大会是咱们厅里自己搞的。”

徐永年说："那就是说，我在会上的表现还算可以呗！"

李良说："非常可以。你在会上的讲话，都把我讲哭了。"

徐永年瞪了李良一眼，接着笑了。

两个人在徐永年的办公室扯着文学、记者、作家时，公安部的电话终于打来了。

副部长韩健开门见山："这到底是怎么回事儿？"

徐永年说："韩部长，您听我解释。"

韩健说："你有什么可解释的，为了讨薪为了上访，有工人有农民有知识分子这么干过，可你们是执法的人民警察啊，你们为什么也这么干？"

徐永年说："韩部长，是这样。那些警察都是下面最基层的，他们之所以这么干，是因为他们被逼得没办法了！"

听徐永年这么说，韩健才开始问："什么叫被逼得没办法？"

徐永年迅速地把早已准备好的话，一股脑儿说了出来，什么这个大案已经三年多了，什么这些民警都是直接参与过追捕刘元的，他们之所以包围了盛唐集团，的确是因为刘元的哥哥刘唐在这个案子中起到了包庇作用……

韩健说："现在网上、媒体传得很厉害，刚才部长亲自给我打了电话。是这样，部里 × 局今天会连夜派人到你们省里针对此案进行调研。你们现在就开始准备一下。"

徐永年说："是。"

徐永年放下电话，对李良说："相关材料都准备好了吗？"

李良说："都准备好了。"

徐永年松了一口气。

一直把心提到嗓子眼儿的李良也跟着松了一口气。

【8】

公安部某局负责命案的处长贺延龄亲自带队到省里进行了调研。

调研结束后，公安部对此特地召开了一次部长办公会。

虽然叫部长办公会，但不见得部长会亲自来。大要案发生在地方大的不得了，到部里也就司空见惯。部长日理万机，不可能事无巨细。像这种针对某个案子召开的部长办公会，一般都由主管的副部长牵头组织召开。

所以，当这个“×·××”枪案部长办公会正在进行时，部长突然走进来，与会者全都为之一愣。

正在发言的贺延龄都有点不知所措。

虽然都在部里办公，与部长如此近距离接触也并不多。

部长对贺延龄说：“你是 × 局的贺处吧？”

贺延龄说：“报告部长，× 局命案处贺延龄！”

部长说：“贺处，你接着说吧！”

贺延龄说：“是。部长。”

贺延龄看了一眼手中的笔记本，继续说：“改革开放以来，我国的刑事案件侦破率一直位于世界前列。尤其是从 2004 年开展‘命案会战’以来，全国的命案破案率始终在百分之九十以上。‘枪案’是严重暴力案件，部里更是要求必须侦破。可是，在全国造成恶劣影响的‘×·××’特大涉枪命案，到目前却迟迟不能侦破，主要犯罪嫌疑人刘元始终未能抓获！”

听到这儿，部长皱起了眉头，他把目光移向旁边的副部长韩健，小声问：“这个原因你们查到了吗？”

韩健说：“查到了。”他把一份材料递给了部长。

部长拿起翻看着。

韩健指着材料解释说：“经部里×局初步调研，此案不能侦破的主要原因，是在××省有一个以刘唐、刘元为首的涉黑犯罪团伙。”

部长放下了材料，十分惊讶：“涉黑犯罪团伙？”

韩健说：“是的。这个团伙在当地拉拢腐蚀一批政法干警，使得案件在侦破过程当中屡屡受挫！”

部长有些不满：“既然屡屡受挫，为什么到现在才引起我们重视？”

韩健说：“我们始终在重视，逃犯刘元三年前就上了部里的A通。省、地、市的专案组也多次组织力量追捕，但由于我们内部个别干警为嫌疑人通风报信，使得每次追捕都是功亏一篑！”

部长点燃了一支香烟，皱起了眉头。

为了强调问题的严重性，韩健在部长身边，继续小声地说：“过去革命战争年代，我们还能做到‘敌中有我，我中有敌’，可在这个案子上，我们却始终是‘敌中无我，我中有敌’。”

部长最后平静地说：“为了从根本上消除‘我中有敌’的不利局面，建议抽调精干警力，采用‘异地用警’，由部里直接指挥侦破“×·××”枪案。”

【9】

高歌的孩子已经五岁了，小男孩最喜欢让妈妈送自己去幼儿园，每次他还要让妈妈穿着警服。高歌问:“为啥呀？”儿子说:“因为静静说，你穿着警察的衣服会比她的妈妈漂亮。”高歌说:“我不穿警察的衣服也照样比静静的妈妈漂亮啊。”儿子说:“我觉得恐怕不是。”儿子差不多每天都能从嘴里蹦出类似“恐怕”这样的新鲜词，这个时候，高歌就很享受，她顺着儿子的话，说:“怎么恐怕不是啊？”儿子说:“静静说的恐怕不是……”

高歌陪着儿子有一句没一句闲扯时，忽然听到了某个短信的提示音。高歌的心忽然揪了起来。这个提示音是特殊设定，每次听到之后，高歌就要离开家很长时间。

高歌伸出手摸着儿子的头:“妈妈晚上要开会，让爸爸来接你，行不行？”

儿子忽然不高兴了:“不行。不让爸爸来接。”

高歌说:“为什么？”

儿子说:“因为每次爸爸来接我，你就会离开我，到北京去开会！”

高歌的眼眶忽然要湿润，她拿出手机看了看航班，发现半夜还有票，便对儿子说:“既然你不想让爸爸来接你，那今天晚上，还是由妈妈来接你，行不行？”

儿子强调说:“行是行，但你必须要穿着警察的衣服！”

【 10 】

王眉洗澡时，于镜涛在浴室外敲门，她假装没听见。虽然结婚都好几年了，但到现在王眉上厕所和洗澡，仍然要独自霸占整个卫生间。上次，于镜涛急了："我上班不赶趟了，你洗你的澡，我洗我的脸，怕什么呀？"王眉说："不怕什么，但那太恶心了！"于镜涛说："那我洗澡，你拉屎我怎么不恶心？"王眉说："你别老说拉屎拉屎的，我还没吃早饭呢！"

这次王眉还怕于镜涛说这么恶心的话，所以，无论老公怎么敲门，王眉就是不理。

于镜涛说："王眉你要是再不开门，我在外面给你锁上。"

王眉仍然不理。

于镜涛最后没办法了，才说："王眉，你快开门出来，你那个短信又响了。"

王眉披着睡衣，打开浴室的门，先给了于镜涛一脚。

于镜涛好玄没趴下，他抗议道："干吗呀，你怎么往死里踢呀？"

见到于镜涛那么痛苦，王眉又急忙抱住了他，变得无比温柔："对不起，亲爱的，把你踢疼了吧？"

于镜涛忍住疼却问："这次你还要去多久？"

王眉没说话，把脑袋深深地埋进了于镜涛的怀里。

【 11 】

曹岩是在高铁上接到了贺延龄的短信。往常曹岩问都不问，就马上回复：“收到，按贺处指示办。”但这次曹岩却不太想了。他回短信说：“方便时请回话。”贺延龄很快打来了电话。

曹岩来到了车厢连接处，与贺延龄商量：“贺处，我今天是第一天休假……”

贺延龄说：“你休假准备干吗呀？”

曹岩说：“我要去云南拍片呀！”

曹岩的业余爱好是摄影，工资多半都用来买摄影器材了。

贺延龄批评曹岩：“这么大岁数了，拿个照相机到处拍来拍去的，有什么劲儿啊！”

曹岩说：“贺处，你知道，我在下面管着一大摊，这都五年了，领导头一次批准我休假……”

见曹岩都这么哀求了，贺延龄只好说：“那你就好好休假吧！”

公安部不像军队是垂直领导，想要用曹岩这样的干警，部里对地方得采用“商借”的方式。为了“商借”成功，每次部里一般都与本人先沟通。既然曹岩没这个意愿，贺延龄也不好强行借用了。

贺延龄放下了电话，曹岩却莫名产生了某种失落。他急忙又把电话打了回去：“贺处，我能问下是什么案子吗？”

一般的手机是不能这样聊的。好在他们的手机都是那种国产特殊型号的。

贺延龄说:“是个涉黑案!”

曹岩的兴趣不是很大。涉黑犯罪全国各地都有，曹岩希望能破个特殊的。

贺延龄说:“这个就非常特殊。”

曹岩说:“怎么个特殊法?”

一般黑社会比较典型的做法是，不要你命，剁你一根小手指、一个耳朵，以点带全，目的是让受害者产生恐惧心理。即便用枪也都是“抬高三寸”或“降低三寸”，都不往死里打。

贺延龄告诉曹岩:“我们要侦破的这个涉黑案，犯罪嫌疑人没有任何规矩，他们上来直接要人性命，动枪也只取头部，一枪致命。”

曹岩说:“那我的休假取消了，我现在就去部里报到!你和我们局里办手续吧!”

【 12 】

贺延龄调来了高歌、王眉、曹岩之后，又调来了龚铁军、杨晓东、高继中等十八人。他们每个人都有各自的强项:

曹　岩:全国刑事侦察专家

高　歌:全国经济侦察专家

龚铁军:全国网络侦察专家

杨晓东：远程勘验技术能手

王　眉：文件检验高级工程师

高继中：痕迹检验高级工程师

……

这些警方高级人才，除了部里有一定的储备外，大部分平时都在地方各个实战单位。由于天天都在练兵，一旦根据需要被部里集中起来，他们所发挥的作用是巨大的。很多大要案都曾被他们一一攻克！

但这次他们要攻克的案子多少有些特别。“×·××”案之所以久侦不破，最根本的原因是警方内部有为犯罪嫌疑人通风报信的害群之马。为了堵住泄密渠道，这次他们去益州，不会与当地警方有任何联系。

也就是说要像过去革命战争年代那样，完全进入隐蔽状态。

“×·××”部督办专案组，第一次会议共有从各地抽来的公安骨干人才 18 人。这 18 人将组成第一批秘密深入到益州的先遣队！

在专案组成立的当天会议上，副部长韩健深切地嘱咐大家：“‘×·××’枪案虽然发生在一个小小的地级市，但它所牵扯的各种复杂关系早就超出了一个地级市的范围！这个范围之深、之广、之严重，可能会远远超出我们现在的预估。毫无疑问，侦破此案，你们一定会遇到各种阻力、各种干扰甚至各种意想不到的艰难险阻！从现在起，你们要各行其责，依法依规依纪全力侦办此案。”

【13】

很多年前，孙亚辉与刘唐有过一个约定："我们在一起干二十年之后，我要出去自己干。"

孙亚辉把这个约定找了一个合适的机会，和刘唐委婉地提了出来。

刘唐好赌，在澳门一天一夜输掉一两亿是常事儿，这天刘唐在四个小时赢了七千万后，心情很好。

孙亚辉劝刘唐收手保持荣誉，往常刘唐不会听，但这次刘唐不仅听了，还和孙亚辉一起洗澡一起喝茶聊天。

也正是在这个聊天过程当中，孙亚辉把那个约定说了出来。

刘唐说："是啊，孙总，你也老大不小，你真应该自己出去干一干了！"

孙亚辉假装不愿意："我的资源我的人脉都是你给我的，如果我出去自己干，不会有在你这儿辉煌。"

刘唐说："那是那是。"

见孙亚辉没有想走的意思，刘唐顺口说："孙总，如果你要想干的话，放心，我会全力帮你的！"

孙亚辉见来了机会，马上说："刘总，既然这样呢，那我回去考虑考虑！"

孙亚辉说出这样的话，刘唐心里一紧。第二天，当孙亚辉真的提出要正式离开他时，刘唐不高兴了："你离开我，是不是早就有这个打算啊？"

孙亚辉说："怎么了，刘总，您不高兴了？昨天，您不是说……"

刘唐说："孙总，你和我说实话，你真的想走吗？"

孙亚辉说："我真的想走。"

刘唐说："你走就为了挣更多的钱吗？"

孙亚辉说："不是，我走的目的是想过我自己想要的生活。"

刘唐说："你想要什么生活啊？"

孙亚辉说："我想领着老婆开车旅游，我想领着孩子到世界各地走走……"

刘唐说："那你去休假呗！"

孙亚辉不吱声了。

刘唐心里变得很乱，孙亚辉的态度表明，他确实想离开自己。

刘唐质问孙亚辉："你离开我是想过你所要的生活，还是你担心我要完蛋了？"

孙亚辉说："您怎么会这么想？"

刘唐说："那你认为我会怎么想？"

刘唐的眼里露出了凶恶的光。

孙亚辉害怕了，他必须要说出理由证明他离开决不是因为刘唐要完蛋了。

孙亚辉说："刘总，我对您有意见。"

刘唐说："你有什么意见？"

孙亚辉没有马上说，做出考虑再三的样子之后，才小声地说："您在澳门输钱，一两个亿的输，可您一年给我也就一两百万……"

刘唐说："一两百万是工资，你还有股份呢……"

孙亚辉说："上次你睡了一个女人，然后就给这个女人买了一套房子，可这么多年，您从来没给我买过……”

刘唐说：“我给你买过一个……”

孙亚辉说：“可那个房子是那个女人嫌小，她不要了，您才给我。”

刘唐不吱声了。

孙亚辉对刘唐太了解了。

对女人对领导对为他敢去死的兄弟，刘唐是大方慷慨的，但对像孙亚辉这样为他服务的，刘唐是格外的吝啬！

刘唐自己也承认：“孙总啊，我有时觉得我就是个农民！”

孙亚辉说：“刘总，今天和您说这些，希望您不要往心里去，更不要和我计较。”

刘唐说：“你我这么多年了，我怎么能和你计较呢！”

孙亚辉说这些让刘唐很难堪的话，无非是想证明他离开不是因为刘唐快要完蛋了。

就像孙亚辉了解刘唐一样，刘唐对孙亚辉也太了解了。

刘唐觉得有必要和孙亚辉认真地讨论一下当前的形势了，他说：“苏岩让警察包围了咱们的公司，这让全社会都知道是我在包庇刘元！”

孙亚辉说：“苏岩这个孙子太缺德了，当时就应该把他给撞死！”

刘唐说：“把他给撞死，会更麻烦。孙总，如果你是公安部的领导，当他知道，有我这么个无法无天的人物时，他会怎么想？”

孙亚辉没吱声。

刘唐直接问孙亚辉：“你说，现在公安部会不会直接派人到省里来？”

孙亚辉只好说：“完全有这个可能。”

【 14 】

过去刘唐见到邹林就像老鼠见到猫一样。自从三年前刘唐战战兢兢地威胁了邹林，而邹林真的被威胁住了之后，刘唐对邹林便有了新的认识。

如此高高在上，如此了不起的邹林大公子竟然也不过如此！

以前见邹林，刘唐都会琢磨如何让邹林开心，现在见邹林，刘唐琢磨的都是如何让邹林闹心！

只要邹林闹心了，邹林就会对他刘唐拿出足够的关心！

【 15 】

刘唐说："省厅明里抓我弟弟，实际上是想抓我。"

邹林说："干吗要抓你？"

刘唐说："因为张副省长喜欢我！"

邹林说："刘总啊，我请你不要胡思乱想。这两年，你总是疑神疑鬼！"

刘唐说："不是我疑神疑鬼，省厅这么做明显是对我有想法嘛！"

邹林说："有什么想法？你弟弟犯了那么大的罪，公安厅抓你弟弟，这有毛病吗？"

刘唐说："抓我弟弟当然没毛病，可我就怕……"

邹林说："你不要怕，你是省政协常委，如果公安厅抓你，我会事先知道的！"

刘唐说："可如果要是公安部来抓我，怎么办？"

邹林愣住了："公安部抓你，什么意思？"

刘唐说："省厅知道我和你的关系，他们觉得在省里恐怕整不了我，于是就想让公安部出面……"

邹林不满了："刘总，我建议你到医院去看看！"

刘唐说："看什么？你认为我精神有问题是吗？"

邹林气得坐在椅子里不说话。

刘唐说："邹先生，我何尝不是希望我说的这些都是胡思乱想啊，但如果我说的都是真的，怎么办？"

邹林说："公安部即便下来查，那也是查你弟弟的案子！"

刘唐说："公安部下来查什么，你能有决定权吗？"

邹林愣住了。

刘唐说："邹先生，你现在应该尽快帮我搞清，公安部到底会不会来查我？"

邹林说："我没法搞清！"

刘唐说："你当然没法搞清了，但我想王秘书……"

邹林说："王秘书我已经很长时间不和他来往了。"

刘唐说："为什么？"

邹林说："不为什么。我感觉，他老是回避我！"

刘唐说："你应该找找他，你告诉他……"

邹林说："告诉他什么？"

刘唐想了好一会儿，用很低的声音说：“你告诉他，如果我被抓起来，你邹林也会受到牵连的！”

【 16 】

邹林有半年时间没看到王秘书了。

邹林说：“你的头发怎么都白了？”

王秘书说：“以前也白，我都给染了！”

邹林说：“那现在你怎么不染了？”

王秘书说：“现在我觉得没这个必要。”

邹林说：“你还是染染吧！”

两个人见面扯了好一会儿，王秘书才说：“那个事儿，我给你问了，公安部可能向省里派了一个工作组！”

邹林说：“这个工作组是干吗的？”

王秘书说：“具体干吗，我不清楚。”

邹林说：“会是去调查刘唐吗？”

王秘书说：“应该是不会。”

邹林说：“但我担心……”

王秘书说：“这个你不用担心，真是去调查刘唐的话，我认为也都正常。他弟弟上了公安部的 A 级通缉令……”

邹林说：“王秘书，公安部会不会也在调查我？”

王秘书说："那百分之百不会！"

邹林说："为什么？"

王秘书说："公安部没权力调查你，再说公安部调查你什么？你和刘唐一起杀人了吗？没有吧，你和刘唐一起倒卖过军火吗？没有吧！所以，你放心……"

邹林说："可刘唐说……"

王秘书说："刘唐这个人总是胡说，他说的你不要往心里去。假如公安部真的要调查你，那我可以去告他们！"

见王秘书这样说，邹林总算是松了一口气："既然这样，那我放心了。"

王秘书说："今后你还是少和刘唐这种人来往，你在电话里告诉我，你和刘唐最近又搞了一个项目？"

邹林说："还是前年那个铅锌矿！"

王秘书说："这么久了，还没完呐？"

邹林说："中间出了些岔子，抽时间，你再和张省长打个电话！"

王秘书说："这个电话我不能打！"

邹林说："为什么？"

王秘书说："不为什么。"

邹林说："这个项目很赚钱……"

王秘书说："你已经有那么多钱了，你干吗还要……"

邹林不高兴了："你都当那么大的官了，那你干吗……"

王秘书也不高兴了："邹老弟，听哥一句话，这个项目不要再搞了。"

邹林说："都搞这么长时间了，不搞可惜了。王秘书，你不用为难了，这个电话我让我爸打！"

王秘书忽然用很低的声音说:“你爸有一天非死在你手里!”

邹林愣了好一会儿,才又问:“王秘书,你刚才说什么?”

王秘书已经冷静下来:“我说,你爸最疼的就是你!”

邹林被王秘书说得很难受,最后,他向王秘书坦言:“我知道,现在不应该和刘唐走得这么近。但我已经上了他的贼船,如果现在就这么下去,我有可能会被淹死!”

【17】

贺延龄带着部里的特别小组刚来到益州时,一共有十八个人,现在半年过去了,小组成员增加到了九十七人。

十八人时,衣食住行还容易解决,这将近一百人了,就有些麻烦。

这种麻烦倒不是这一百人没吃没住,而是如何保证这么多人在一起生活不被暴露。

益州这两年也在不断加大治安防控力度,尤其是对外来人口,都要逐一进行登记。如果某个小区突然来了一百多陌生人,不用警察来查,小区的大妈们都会向派出所报告。

为了不引起当地警方的注意,贺延龄只能将干警分散到市区各个角落里。

尽管他们的通讯都能做到绝对保密,但为了万无一失,贺延龄命令,重要的线索,必须当面汇报。

晚饭后，贺延龄接到曹岩的短信，要求见面。

两个人没有到公共场所。他们的身份太特殊，益州这里有他们的同学、朋友，万一碰到了不好解释。

贺延龄说："那就到老地方吧！"

【 18 】

曹岩负责的是外线侦察，他的身份需要保密。贺延龄与他见面的地点大都在车里。

曹岩住的地方很偏僻，小区外还没有监控设施。他把车停在靠西面的停车场，小区目前入住率不高，停车场里停的车很少，连收费的人都没有。

贺延龄开车来到停车场后，曹岩下了车上了贺延龄的车。

两个人见面连寒暄都没有。

贺延龄说："你发现什么了？"

曹岩说："我发现刘唐有个重要关系人！"

贺延龄说："谁呀？"

曹岩说："邹林。"

贺延龄有些惊讶："你说的，是那个邹林吗？"

曹岩说："是的。"

两个人没往深说，显然他们都知道邹林。

曹岩说："这个邹林我现在能否去查他？"

贺延龄说："绝对不能去查他！"

曹岩有些诧异，这次下来，部里给了尚方宝剑，无论涉及谁都要一查到底。

曹岩说："通过查邹林，可以从另一个侧面找到刘唐的犯罪证据……"

贺延龄说："可我们手里没有任何涉及邹林刑事犯罪的线索，你凭什么去查他？"

曹岩说："邹林可能涉及某些官员的腐败……"

贺延龄十分不满："你想去反腐吗？曹岩，我们是警察，公安机关只有打黑的职责，没有反腐的权力。"

曹岩说："可如果不'反腐'，我们去'打黑'，就可能被'黑打'……"

贺延龄说："被'黑打'了，我们也得要依法办案！"

【19】

苏岩和手下马三穿着警服开着警车在大街上巡逻。

马三是警察里的作家，过去不在支队。自从受到厅长表扬后，就被调到了局里。这种不务正业的警察，局里各科都不要。这让领导很尴尬。苏岩为领导排忧解难，将马三要到了支队当了内勤。马三到了支队，一直想写写苏岩，苏岩不让。

马三问苏岩："为什么不让我写你啊？"

苏岩说:“你们这帮傻逼作家总是胡鸡巴写!”

马三说:“我是警察,我不能胡鸡巴写。苏支队,你让我写吧,我能把你写得很崇高。”

苏岩差点吐了:“马三呐,你这么说,简直快赶上我老姨了。”

马三就问:“那你老姨都说什么了?”

苏岩不想往下说,只好假装深刻地告诉马三:“崇高不能说在嘴上,警察的崇高更不能写在纸上。”

马三说:“苏支队,这是什么意思啊?”

苏岩说:“没什么意思。”

马三要深入地和苏岩进行探讨,苏岩烦了,他对马三严厉地说:“别跟我扯没用的,赶紧巡逻!”

苏岩和马三都是刑警。他们没有巡逻的职责,但现在为了整治社会治安,局里要求全警员全天候全街道 24 小时巡逻。所有科室都划归了责任区。

夜里有时刑警们要加班破刑事案子,苏岩不忙的时候,便领着支队的内勤马三来完成局里交给他们的这项额外任务。

经过了长时间全警员全天候的巡逻,社会治安明显得到了好转。巡逻时很难碰到抢劫之类现行犯罪,这也让参与巡逻的警察轻松不少。

但正因为轻松,巡逻时也很无聊。

苏岩问马三:“你是八零后,你父母为什么会给你起个马三的名字?”

马三说:“最开始给我起的是叫马三立。”

苏岩说:“马三立不是相声演员吗?”

马三说:“我爷爷可喜欢听他的相声了,给我起这个名字,是希望我成为马三立那样的人物，可我爸却不喜欢马三立，所以等我爷走了以后，我爸就把我从马三立改为马三了……”

苏岩说：“把马三立改为马三怎么就能说明你爸不喜欢马三立呢？”

马三说：“这个我也不知道，等我今晚回家我问问我爸！”

苏岩说：“你回家都半夜了，你明天再问吧！”

两个人一边闲聊，一边还听着对讲机里的通话。

警车里有两套对讲系统，一套是苏岩他们这些业余巡警所用，另一套则是真正巡警通话所用。

真正的巡警太忙了，系统里的通话几乎不闲着。

“滨江城市花园6号楼，有一位65岁大娘无法下楼，001通知附近的巡0971，立即前往察看。”

“001，巡0971接到通知，立即察看。”

“西三条楼爱民街，有一乘客酒后与出租车发生争执，001通知附近的巡0862，立即前往察看。”

“001，巡0862接到通知，立即察看。”

……

苏岩这些业余巡警不干这种脏活累活，他们每天都是沿着固定的路线完成自己的责任区巡逻就行。

路边的电线杆上都标有治安防范数字。

来到固定的地点之后，要及时向总部报告。苏岩拿起对讲机，准备报告时，母亲给他打来电话：“大儿子，你现在不忙吧，妈告诉你个事儿啊，你老姨和我说……”大概听到老姨要说什么，苏岩急忙打断道：“妈，我一会儿给你打回去啊。”

苏岩放下电话，拿起对讲机，开始向总部报告："003，巡 0175 经过 2217 防控点，一切正常。"

很快对讲机就传来："003 收到。"

往常苏岩来到这个 2217 防控点之后，就要往回返。但今天他却对马三说：

"到前面那个停车场转转！"

于是马三就把巡逻车开向了那个黑黢黢的停车场。

【 20 】

贺延龄和曹岩看到一辆闪着警灯的巡逻车驶过来时，两个人急忙俯下身去。

停车场里停着的车辆很少。

警车一般转转就离开，但这次警车却停了下来。

苏岩和马三下了警车，拿着手电挨个往车里看。

贺延龄和曹岩商量怎么办。

曹岩说："如果手电照见我们，我们就只好假装同性恋了！"

贺延龄说："快拉倒吧，那太恶心！"

曹岩说："恶心是恶心，但警察看见了会假装没看见。"

贺延龄说："这里不是北京，这儿的警察会把我们带回去审查！"

曹岩说："不能吧！"

两个人正说着，窗外的手电光已经越来越近了。

苏岩让马三今天到这儿来，一方面是检查，另一方面，也是借机给母亲回个电话。

马三用手电往每个轿车里照射时，苏岩在电话里也与母亲聊得正欢。

苏岩差不多每天都要抽时间和母亲聊聊。由于天天聊，聊的内容早已没有任何实际意义。

母亲说:“你老姨让我不要再吃海参了，说里面有虫子，是吗？大儿子！”

苏岩说：“妈，她这么说的目的是想让你把海参都给她吃！”

母亲说：“你老姨不是这样的人！她这么说，是对我好。”

苏岩说：“对你好什么呀！她的话，你可不要再信了。我老姨的话太没谱了，昨天她告诉我说吃榴莲前放微波炉加热 7 分钟会更甜，妈，我实话告诉你，现在我家里根本不能待了，邻居们都劝我搬家，都说我在炖屎！”

苏岩说得一本正经，拿着手电往车里照的马三已经乐出了声。

马三光顾着乐了，他用手电光在车里随意扫了一下，就跟着苏岩离开了停车场。

【 21 】

马三没发现贺延龄和曹岩，一场尴尬也就这么躲了过去。

两个人爬起来，看着那辆巡逻警车远去的背影，贺延龄继续批评曹岩:“我们是公安部来的警察，干吗到这儿了还要鬼鬼祟祟？我们这么做就是为了保密啊！曹岩呐，我们这个案子太大了，为了保密，我们必需要小心谨慎。你去查邹林，我相信完全有可能会得到有关刘唐的犯罪线索，但你想到没有，任何调查都会有暴露的危险，一旦邹林察觉了，他一定会第一时间去告诉他父亲！”

曹岩感觉到了问题严重性。

贺延龄说:“真那样的话，我们这个专案小组就要被调查，我们的整个行动计划就会暴露！现在你明白了吗？”

曹岩说:“我明白了。”

【 22 】

范冰冰和张馨予手挽着手从电梯里出来后，站在门前的服务员一个个全都睁大眼睛使劲儿看。

报纸上不是说这两个人有矛盾吗，怎么还手挽手了？

这是高档饭店，来名人来明星是经常的。饭店服务员虽然惊讶但也都见怪不怪。

孙亚辉看到了范冰冰和张馨予走出了电梯，故意没理她们俩。他站在 VIP 雅间的门前，看着她们俩款款走到跟前。

张馨予看了看房间号，问孙亚辉:“哥，你是刘总吗？”

孙亚辉说:“我不是刘总，刘总在房间里。你进去吧！”

张馨予进去后，范冰冰对孙亚辉贱兮兮地说：“那你是孙总了！”

孙亚辉指着范冰冰，说：“从现在起，你不准笑！”

范冰冰说：“为啥呀？”

孙亚辉说：“你这一笑，他妈的，是个人都能看出你不是真的了！”

【 23 】

虽然两个演员都不是真的，但刘唐总体还算满意。他甚至让假的范冰冰脱下裤子，看了看她的腿。假范冰冰说：“不错吧，我的腿比真的要好看。不信，你摸摸。”刘唐伸出手摸了之后，也说：“还行，比猪肉的手感要好。”假范冰冰笑了。

孙亚辉在旁边问假的张馨予在韩国做这样的手术需要多少钱，假张馨予报了个数。孙亚辉说：“这么贵呀？”

假张馨予说：“不贵，反正你们这次不是给报销吗？”

孙亚辉愣了一下：“谁说的？事先你们王哥给我报的不是这个价啊！”

假张馨予说：“那我不管，反正我得收这些钱。”

郭子强走过来，抬腿就是一脚：“你再说一遍。”

假张馨予站起来，说：“你们怎么还带踹人的？”

郭子强揪着她的头发说：“我们还带杀人的，你信吗？”

假范冰冰急忙陪着不是：“哥哥哥，你别生气，价格还是按咱们说好的算。”

两个假演员被吓住之后，郭子强还给她们俩提要求："一会儿，你们俩可以随便吃，但是……"他指着桌子上的一瓶高档的外国酒，"这个酒，服务员给你们倒的时候，你们就说喝不惯，谁也不准喝啊！谁要喝了，谁的钱就不给了。"

假张馨予认识这个酒："哥，我知道，这个酒老贵了。"

刘唐也对她们提要求："一会儿，要来两个真演员，还有两个大老板，你们俩一定不要随便打听，更不要把今天这个场合说出去，你们俩听懂了吗？"

两个假演员一起说："听懂了。"

【24】

来的两个大老板一个是邹林，一个是张景春。张景春喜欢美酒和美女，美酒无所谓，美女张景春有时很挑剔。于是，刘唐找了两个真演员和两个假演员。

两个真演员陪张景春喝酒，两个假演员陪张景春睡觉。

张景春事先不知道邹林会来，推开门见到邹林坐在主宾位置，十分惊讶。

刘唐过去总吹嘘与邹林关系好，这样的场合邹林都能来，看起来，两个人关系确实好。

席间，邹林见来了这么多各具特色的演员，就没怎么和张景春寒暄。

这种场合，大家都不谈正事儿。

那两个真演员过去也和张景春熟，于是都抢着和张景春一杯一杯喝着美酒。

刘唐和邹林在旁边时不时地低声细语。

邹林说："王秘书告诉我公安部是向你们省里派了个工作组！"

刘唐说："这个工作组来我们省干什么？"

邹林说："王秘书不知道！"

刘唐说："那让他再去问问。"

邹林说："他问公安部也不会告诉他！"

刘唐说："能不能让你父亲去问问？"

邹林说："我父亲更不能问了。"

刘唐说："为什么？"

邹林说："我父亲最近对我好像很有想法，你看，包括今天这个电话，他都没有给张省长打！"

刘唐说："没打就没打呗！其实，今天你能来陪张省长吃饭，这比你父亲打电话都管用。"

刘唐说得没错。

副省长张景春虽然和美女们一杯一杯地喝酒，但他双眼的余光始终在邹林的身上。

邹林和刘唐说话时的姿态，让张景春很感慨。

邹林这种人都对刘唐这么谦让，那刘唐可太不简单了。

而让张景春产生这样的错觉，也正是刘唐搞这个饭局的目的所在！

【25】

贺延龄开车回到了专案组益州基地。

这是一个家家都带院子的别墅区。

贺延龄的轿车驶到3C时，院子的大门自动打开了。

贺延龄进院子前，习惯性地向前后左右看了看，觉得一切正常了，才开车进了院子。

当初租这套别墅时，贺延龄派的是杨晓东。杨晓东很年轻，是个帅哥，他和房东说他和同学要开个IT公司。房东一点没多想，这里的别墅不少都租给了这样的公司。

贺延龄进了别墅，直接来到了客厅。

客厅很大，窗户上挂着厚厚的窗帘，四周的墙上挂着黑板和大白纸。

黑板、白纸上密密麻麻写着刘唐、刘元、孙亚辉等人的“主要社会关系”“次要社会关系”“家族犯罪基本框架”“社会组织犯罪框架”等。

高歌、王眉、龚铁军、杨晓东等人或操作着电脑，或在黑板上写着什么。他们见贺延龄走过来，就像没看见似的。

贺延龄巡视了一圈，准备转身离开时，墙角的龚铁军猛地拍了一下桌子。

附近的王眉吓了一跳：“你诈尸啊！”

龚铁军没理王眉，继续敲打着键盘。

贺延龄来到了龚铁军的面前。

面前的电脑屏幕上，一排排凌乱的数字正迅速地变得规整，龚铁军像是在破译着什么。

贺延龄说："进展顺利了？"

龚铁军说："是的。"

贺延龄说："能突破吗？"

龚铁军说："应该没问题。"

贺延龄说："太好了。"

龚铁军说："只要这个密码拿到手，我很快就能把坐标给你算出来。"

贺延龄拍了拍龚铁军的肩膀："好样的！"

龚铁军伸了一个懒腰，也拍了拍贺延龄的肩膀："贺处，我得感谢你啊！"

贺延龄说："感谢我什么呀？"

龚铁军说："你没进屋之前，这个电脑像老牛一样，慢得不行，你刚一进来，它就马上变快了……"

高歌在旁边说："龚铁军，你也太能溜须了吧！"

龚铁军说："这我有什么可溜须的，本来嘛，贺处一进来，电脑就嗖地……"

贺延龄对龚铁军说："嗖什么嗖！我没在的时候，你是不是偷懒了？"

龚铁军做着手势："报告贺处，我都已经两天两夜没睡了。"

贺延龄说："是吗？那等这个密码出来，你马上睡觉啊！"

高歌和王眉在旁边不干了："我们也两天两夜都没睡了。"

但贺延龄假装没听见，离开了大客厅。

【26】

别墅的每个房间都分给了不同的组。门上分别写着“侦查组”“分析组”“综合组”“行动组”。

杨晓东从大客厅的综合组出来，拿着一叠打印纸，来到了一个小门前。

这个小门虚掩着。

杨晓东推开门走进去。

这个房间里堆放着不少电脑主机。

一排排指示灯不停地闪烁着。

墙角有个沙发，贺延龄坐在沙发里，正香甜地睡着。

杨晓东看了一眼，转身正要离开时，贺延龄便睁开了眼睛：“什么事儿，说吧。”

杨晓东走回来，把手里的那些打印纸递给了贺延龄：“这是新上来的两条线索。”

贺延龄看完，对杨晓东说：“这两个线索先不要往下查了。”

杨晓东说：“为什么？”

贺延龄说：“你调查的方向有问题！现在没有证据表明刘唐有重大涉黑犯罪，你这么去调查，倾向性太明显了……”

杨晓东说：“贺处，你看，刘元都已经涉及杀人、买卖枪支等犯罪……”

贺延龄说：“刘元涉及犯罪并不等于刘唐也涉及啊！从目前掌握的证据看，刘元的公司与刘唐的公司没有公开的交集！我们心里可以怀疑刘唐，但我们办案必须要本着‘疑罪从无’的原则，如果我们真的找不到刘唐的犯罪证据，那我们就必须认定刘唐是个守法公民！”

【 27 】

高歌见杨晓东在贺延龄的房间里，就站在别墅的走廊里等着。利用这段空闲，她急忙给儿子打了个电话。

高歌说：“儿子，这么晚了你怎么还不睡呀？”

儿子说：“你没给我打电话，我如何能安歇？”

高歌说：“我现在给你打了，那你现在立刻安歇如何？”

儿子说：“你回答我一个问题，我才能安歇！”

高歌说：“什么问题呀？”

儿子说：“你为什么现在才给我打电话？”

高歌说：“妈妈在忙工作啊？”

儿子说：“什么工作要忙到半夜呀？你向我坦白，你是在忙工作还是在忙婚外恋？”

高歌说：“什么叫婚外恋，你懂吗？”

儿子说：“我似懂非懂。”

高歌说：“你把电话给爸爸！”

儿子在电话对爸爸说：“我妈要给你指示，你过来接旨！”

丈夫接过电话，高歌一顿训斥：“是你和儿子说‘婚外恋’这个词的吗？”

丈夫根本不接茬：“亲爱的，这么晚了，你怎么还不睡呀，快休息吧，家里你不用惦记啊，儿子每天都可乖了，当然了，儿子就是特别想你……”

听丈夫这么说，高歌的心也变得很柔软：“那你想我吗？”

没等听到回音，高歌见到杨晓东出来了，就又急忙说：“你和儿子睡吧，我要工作了。”接着挂断了电话。

杨晓东说：“你老公可真好，我老婆要是敢对我这样，我非休了她！”

高歌说：“怪不得大西洋今晚刮台风，原来是你给吹的！”

【 28 】

高歌打着哈欠把几张打印纸放在了贺延龄的面前。最上面的一张纸上，是一排排银行账号信息。

贺延龄认真地看着。

高歌一边指着一边说：“这是刘元老婆的一个秘密账号……这是盛唐集团控制的一个秘密账号，现已确认刘元老婆账户里的这两百万是由这个账户转入的。”

高歌又拿起另外一张纸：“贺处，你看，盛唐集团的这个账户，还曾经给刘唐的前妻、刘唐的母亲、刘唐的哥哥汇过钱。毫无疑问，这个账户是由刘唐实际控制的。”

贺延龄高兴了：“这些足以能证明刘唐涉嫌为刘元提供逃跑、藏匿的资金。”

高歌说：“是的。现在凭这一个证据，就能把刘唐抓起来了！”

【 29 】

孙亚辉说：“会不会把你抓起来？”

刘唐说：“不可能。”

孙亚辉说：“我是怕……”

刘唐说：“你怕什么？你有什么可怕的，公安部下来的只是个工作组！”

刘唐通过朋友打听了，每年公安部都会往省里派各种各样的工作组，什么执法检查、业务培训等。

但孙亚辉还说：“刘总，反正我们都有绿卡，要不我们走吧？”

怕刺激刘唐，孙亚辉没说跑。

刘唐说：“要走的话，我们也不能现在走。我们到国外不能去要饭，我们需要钱。”

孙亚辉说：“我们有的是钱呐！”

刘唐说：“这些钱大部分是房产！”

孙亚辉说：“我们可以卖呀！”

刘唐说：“这么多的房产，你怎么卖？本来公安部没想抓我们，要是看我们这么卖房子，不想抓他们也想抓了。”

孙亚辉说:“刘总，你说的有道理。”

刘唐说:“孙总，你不要怕，有邹林做靠山，公安部绝对不会轻易抓我们的！”

【 30 】

贺延龄向副部长韩健汇报时，要不时把各种照片、文件同步发过去，所以面前的显示器上会不断地出现:“北斗卫星连接，加密数据已发送”“北斗卫星连接，加密数据对方已收到”等字样。

韩健对照片之类不是很关心，那些会有部里的专家去专门分析。韩健所关心的是这个涉黑犯罪团伙的成因。

韩健问贺延龄:“在‘×·××’命案中，钱凯和吴立波仅仅是公司的保安，可他们在枪杀聂树远等人时，为什么会表现得那么从容？难道仅仅是因为他们吸了毒品吗？有没有其他更深的原因。”

贺延龄说:“有。”

刘唐、刘元这个涉黑犯罪团伙形成的时间很早。由于打击不力，这个团伙已做强做大。强了大了之后，自然就有了名望有了招牌。有了名望有了招牌，自然就吸引了一批名为“保安”的罪犯。这些罪犯都有着良好的身体素质，他们多数都是在各种体校、武校中直接招募。为了培养亡命徒，这个涉黑团伙不惜人力、物力。凡是为公司为老板打人、杀人的，公司不仅以钱以物重奖，还会不惜一切代价，通过各种渠道去加以保护。杀了人不仅不用进监狱，还能摇身一变进入公司的领导层。

贺延龄以郭子强为例："郭子强曾在部队里受过特殊训练，刘唐亲自对其进行拉拢，给钱给女人给毒品，渐渐地郭子强被刘唐洗脑为公司的杀人工具。郭子强身上至少有三条人命。这么个双手沾满鲜血的罪犯，很早就被任命为总经理助理，这对其他人的鼓励是不言而喻的。"

"刘元命人枪杀聂树远的起因是聂树远扬言要报复刘元，结果刘元先把聂树远杀了。类似的案子已经不是第一次了。"

"× 年 × 月 × 日，益州另一黑道人物王永成扬言要炸盛唐集团。结果，十天后，王永成被人枪杀。现已查明，犯罪嫌疑人是郭子强。"

韩健听不下去了，问贺延龄："这个涉黑团伙涉嫌的命案有多少？"

贺延龄说："至少十起以上，现已造成了九人死亡，其中有五人是被枪杀！"

韩健说："到目前你们已经掌握了多少犯罪嫌疑人？"

贺延龄说："够'刑拘'的，已经有 86 人！"

韩健说："什么时候能够收网？"

贺延龄说："现在还有两个关键线索需要查实。"

韩健说："哪两个？"

贺延龄说："一是枪的来源，二是刘元的藏身之处！"

韩健火了："这两个线索是重中之重，如果查不到查不实，贺处，我认为你就是个不折不扣的饭桶！"

【31】

找到了破解密码的途径，把相关数据排列组合，即便是龚铁军面前这么高级的计算机，要得出最终结论，也得运算上一段时间。

这段时间最闹心。

龚铁军为了消磨掉这段闹心时间，就配合王眉给于镜涛打电话："你是王眉的爱人吧？"

于镜涛说："你是谁？"

龚铁军说："我是谁，你应该知道啊。"

于镜涛说："你是王眉的情人呗，王眉和你至少上过六次床，对吗？"

于镜涛说话如此露骨，龚铁军接不下去，他只好把电话递给了王眉："你老公是变态！"

王眉瞪着龚铁军说："你才变态呢！"

于镜涛在电话里还和王眉窝囊龚铁军："他是警察吗？一点都不会吓唬人，哪有上来就问你是不是王眉的爱人？一看就没搞过破鞋！"

王眉生气了："那你搞过是吗？"

于镜涛说："你天天不在家，我当然得搞了……"

王眉说："你要是敢搞，我就把它给剁下来。"

王眉把一张血淋淋的照片发给于镜涛。

于镜涛一点没害怕："这是狗的。"

王眉说："不是狗的，是你的！"

于镜涛和王眉在大学都是学医的。两个人闲聊了几句，于镜涛就开始说家乡哪哪又开了一个新饭店，新饭店里的菜如何如何好吃。王眉的最爱就是吃。于镜涛以此想把王眉引诱回来。但王眉都流口水了也不往那接茬。

于镜涛只好说："亲爱的，那你晚上吃的是什么呀？"

王眉晚上吃的是方便面，但她却说："吃的是烤肉，吃完烤肉，我们厨师又给我们整了不少料理，吃完料理，我们厨师看见冰箱里还有一大块日本的神户牛肉……"

王眉这么说的目的是想等完成任务之后，让于镜涛把这些好吃的都请她吃一遍，可她没说完，贺延龄就站在面前，对她气哼哼地说："吃吃吃，你就知道吃，王眉，我看你是简直就是个饭桶！"

【 32 】

韩健说贺延龄是饭桶，贺延龄心里堵得慌，就把气撒在了王眉的身上。

贺延龄说："你和你老公吹什么呀？吃烤肉吃料理？我们这里有厨师吗？我们这里有日本神户牛肉吗？"

王眉很少看到贺延龄发火，只好一个劲儿地温柔："贺处，干吗急眼啊？我说的不是那个意思！有日本神户牛肉，我也不吃啊，都被福岛核电站污染了，我吃了再得疯牛病咋整！"

贺延龄说："行了行了，你赶紧干活吧！"

贺延龄训斥王眉的时候，龚铁军听到了电脑的一个提示音。

这是他自己设定的，只有他明白这个提示音意味着什么。

龚铁军几乎跳起来，奔着电脑冲了过去。面前的王眉几乎被他刮倒，王眉对他大声地说:“龚铁军，你这个饭桶，你疯了？”

龚铁军没理王眉，他来到了电脑前，仅仅看了一眼，就对贺延龄说:

“报告处长大人，枪的来源找到了。”

CHAPTER 5 第五章

【 1 】

701工厂位于群山之中，过去主要为军队生产航空炮弹。战备紧张时，个别车间也能生产军用枪支的关键部件。既然关键部件都能生产，利用现有的机器设备生产出简单的枪支也就不在话下。

这个工厂早已军转民了，可枪支竟然还能被这个工厂生产出来，贺延龄感到很吃惊。

怕有闪失，除了让特警配合外，贺延龄带着特别小组直接参与了这次行动。

工厂过去很大，现在企业效益不好，厂区不断缩减。用厂长徐伟的话说："我们是靠卖地在给工人开支。"

徐伟平时都住在厂里。

根据情报显示，非法枪支生产地，全都集中在工厂三车间。

这个车间，是不准随便出入的。

凌晨四点左右，贺延龄带着特别小组以及全副武装的特警进入了厂区。

厂区上方，有两架最新式无人机盘旋。

无人机上的探头，把工厂内各个角落里的危险信息全都实时传到龚铁军的电脑里。

龚铁军再把这些画面实时传给参战特警。

这次行动主要任务是活捉违法制造枪支的主要犯罪嫌疑人徐伟。

根据情报，徐伟这些年从刘元那里接收了三名亡命徒。

他们是车庆云、刘德权、宋文郁。

这三人身上有命案，手上有武器。特警们事先得到命令，三人如有抵抗，可以当场击毙。

行动开始后，特警率先冲进第三车间。

车庆云在收发室值班，听到响声后，眼睛没睁，先从枕头底下去拿枪。

车庆云拿枪的速度很快，但再快也没有子弹快。

这之前，通过窗户，他已被远距离的狙击手锁定。他的手刚刚摸到枪，一枚经过特殊工艺处理的子弹，呼啸而来，穿过玻璃，准确地射入了他的脑袋。

脑盖几乎被掀开。

后来的刘德权和宋文郁死得都没这么惨！

他们俩躲在机床后面与全副武装的特警对射。在复杂环境中，消灭罪犯，是特警天天都要训练的科目。

刘德权、宋文郁和特警玩这个，的确有点儿自不量力。

刘德权开了一枪，宋文郁开了两枪后，就被特警射出的密集子弹所覆盖。

两个人均被打得浑身是弹孔！

特警们每次行动一点儿都不怕这种持枪抵抗的，反正可以往死里打，按照平时训练的规定动作去打就可以了。

特警们最怕的是遇到像徐伟这样的。

【2】

徐伟拿着枪，对着自己的太阳穴，大声地喊："给我往后退。"

冲进来的特警被搞得不知所措。

上面要求要活捉徐伟，这种情况下，既不能向徐伟开枪，还要阻止徐伟向他自己开枪。

徐伟应该是深知这一点，他把枪紧紧地顶在了自己的头部。

特警们无奈只能慢慢地退到门口。

徐伟说："都给我退出门外。"

特警们显得有些为难，但谁也没退出去。

徐伟急了："你们再不出去，我就开枪。"

正当徐伟和特警们僵持的时候，门外传来贺延龄的喊声：

"你开呀！"

贺延龄的喊声非常洪亮，这把徐伟和特警全都喊愣住了。

在大家愣神的瞬间，戴着墨镜的贺延龄走了进来。

平时看起来文质彬彬的贺延龄，戴上墨镜之后，变得很凶。

徐伟对贺延龄说:“你不要过来!”

贺延龄没理徐伟，他一边走向徐伟，一边喊道:

“我过来能怎么的?你不就是想死吗?好啊，你现在就开枪把自己打死吧!”

特警们没见过这么叫号的，全都露出了疑惑的目光。

徐伟似乎也被搞蒙了，愣愣地注视着贺延龄。

贺延龄走到了徐伟的跟前，继续说:“你看我干什么呀?你开枪呀!”

徐伟这才说:“你不要逼我，我死了，你们什么线索都得不到!”

贺延龄说:“得不到就得不到呗，我们还指你活着?”

徐伟被贺延龄说得有点儿手足无措。

贺延龄还在刺激他:

“你到底行不行啊!要死赶紧痛快点儿!”

贺延龄都这么说了，徐伟还没有开枪把自己打死。

贺延龄这时将徐伟手里的枪抢下来，冷笑道:

“你枪里压根儿就没子弹，你在这儿装什么大瓣儿蒜呀!”

说着，贺延龄一个“横扫”，徐伟就趴在了地上。

【3】

贺延龄对无人机红外线之类的高科技不是很懂，他对龚铁军说:“我当时心都提到了嗓子眼，徐伟的枪里万一有子弹怎么办?”

龚铁军说:“枪里有子弹的话，重量指数会清楚地显现出来。另外，这之前我已经掌握了很多其他数据，比如徐伟这些年虽然一直造枪，但他对枪却特别恐惧，因为枪上无论有几道保险，都可能失效，为防止枪支走火，最安全的措施，就是枪里没子弹……”

贺延龄说:“枪里没子弹还叫枪吗？”

龚铁军说:“他平时摆弄枪就是为了吓唬他的那些手下。”

贺延龄说:“他还吓唬别人呢，其实他的胆儿最小。”

知道了徐伟的胆最小，贺延龄继续吓唬徐伟。

被特警击毙的车庆云、刘德权和宋文郁并排躺在路边。

他们的尸体上，盖着白色的床单！

贺延龄把徐伟领到跟前，说:“来，你辨认一下！”

宋文郁和刘德权身上的床单被掀开了。

徐伟看到两个人身上全是弹孔就已经吓得要昏过去了。

贺延龄说:“你好好看看，这两个人是不是你的手下？”

徐伟说:“是是是。”

贺延龄说:“那你再看下这个！”

床单被掀开后，看到车庆云的脑袋被打成了那样，徐伟直接跪在了贺延龄的面前:

“我坦白，我交代……”

【4】

“我承认，我造了很多枪，我承认，我也卖了很多枪。但天地良心，这些枪，我几乎是全部都卖给了东南亚，为什么呢？很简单，我想赚钱，但我不能因为赚钱，就让枪流入到我们自己的国家……”

徐伟帮着警察去找保险箱的路上，就开始交代。

龚铁军拿着探测仪器，对徐伟说：“这些一会儿再说，你先说位置。”

徐伟做着手势，指挥着：“前面，再往前，靠左……”

龚铁军来到了一个墙角，仪器发出了提示声。

龚铁军蹲在了墙角，用仪器检查着什么。

墙壁上出现了一个小暗门。

小暗门被轻轻地推开，里面有个电子保险箱。

徐伟殷勤地喊道：“报告长官，密码是……”

龚铁军回头瞪了他一眼：“不用你说。”

龚铁军在键盘上输入“ALBB”之后，保险箱应声开了。

徐伟惊讶地说：“你怎么什么都知道！”

龚铁军谦虚起来：“也有不知道的。哎，我问你，你这个保险箱上的密码设的是 ALBB，这表示什么意思？”

徐伟说：“表示阿里巴巴。”

龚铁军说：“阿里巴巴？你要芝麻开门去淘宝啊！”

徐伟说：“有点儿这个意思，我想以马云为榜样！让他来鞭策自己，马云那么有钱……”

龚铁军说："马云那么有钱，人家也不是靠造枪、卖枪啊！徐伟啊，不要再给自己脸上贴光了啊。"

【5】

保险箱里有一个小笔记本和几块硬盘。笔记本上记录着枪支的型号、数量，以及被出售时间。

贺延龄戴着白手套一边翻着，一边通过视频向韩健做着汇报。

贺延龄指着笔记本，说："这些武器都是卖给刘元的！"

韩健很惊讶："这么多？"

贺延龄说："这个 701 工具厂的负责人名叫徐伟。过去工具厂是军管，后来军转民之后，他仍偷偷地生产武器。"

韩健说："私自生产军火？他也太无法无天了吧！这个徐伟哪来这么大的胆量？"

贺延龄说："是刘元给他的！"

韩健露出了疑惑的目光。

贺延龄从缴获的硬盘中调取了一段视频，播放给韩健看。

视频内容是刘元与徐伟正在交谈。

画面不是很清楚，能感觉出，这是偷偷拍摄的。

刘元："你们工厂虽然黄了，但机器设备不都还在嘛……"

徐伟："上面有命令，那些机器设备必须全都就地销毁。"

刘元："你咋那么缺心眼呐，你别全都销毁啊，你留一些不就完了。"

徐伟："那可不行！"

刘元："怎么不行啊？"

徐伟："那要是被抓住……"

刘元："他妈的，只要有我刘元在，谁敢来抓你呀？"

徐伟："那万一你要是被抓住呢？"

刘元说："天底下没人能抓得住我！"

……

贺延龄对韩健解释说："这个徐伟看到刘元杀了聂树远之后真的没被抓住，就一直怀着侥幸心理！"

韩健说："徐伟生产的枪支除了卖给刘元，还卖给其他什么人？"

贺延龄说："国内只卖给了刘元，剩下的，他都卖给了境外一些组织。"

韩健说："你写份报告提交部里。"

贺延龄说："是。"

韩健说："刘元的藏身之处，你们找到了吗？"

贺延龄说："还没有。"

韩健露出了不满的表情。

贺延龄急忙解释说："为了找到刘元，这半年多时间里，我们已派出上百人在云南、北京、海南等全国 17 处可能的落脚点，24 小时全天候监视。可到如今，刘元就仿佛人间蒸发一样。"

韩健说："什么原因造成的？"

贺延龄说："自从列为公安部'A通'后，当地警方有了几次失败的追捕，让刘元产生了极强的反侦查意识。"

韩健说："刘元过去抓不到，是因为我们队伍中有害群之马，为了避免这个情况再次发生，我们这次采用了'异地用警'，采用最先进的科技手段，但再先进的高科技，也得需要人来完成。"

贺延龄说："是啊，对刘元真正了解的还得是当地警方。"

韩健说："那么接下来，你们要适当地与当地警方进行沟通，要相信我们队伍中的大多数。尽快找到那些政治上可靠，业务上精干的好同志，让他们与我们一起来完成部党委交给你们的任务！"

【6】

马三拉着苏岩按照固定路线巡逻时，和苏岩提起了他的表姐。

马三说："苏支队，我表姐完全符合你的条件啊，既漂亮还有钱。"

苏岩说："但我和你表姐不合适。"

马三说："怎么不合适了？"

苏岩说："我认识她。"

马三说："认识怕什么……"

苏岩说："你表姐和杨霏是闺密！"

杨霏是苏岩前女友。

马三说："是闺密才好呢，苏支队，你要是娶了杨霏的闺密，杨霏不得气死啊！”

苏岩说：“问题是我不想把她气死！”

马三说：“你还是忘不了杨霏是吗？杨霏有什么好啊，听说，她是罗圈腿……”

苏岩说：“谁告诉你她是罗圈腿？”

马三说：“我表姐告诉我的！”

苏岩说：“你表姐背后连自己闺密的坏话都说，她思想品德有问题啊！”

马三说：“没问题。苏支队，你和我表姐先谈谈呗！”

苏岩说：“谈出问题怎么办呐？”

马三说：“谈能出什么问题啊，你俩又不在一起捅咕……”

苏岩笑了：“马三呀，我谢谢你的好心，但我实话告诉你，我现在有女朋友了！”

马三说：“我不信。”

苏岩说：“你为什么不信？”

马三说：“我差不多天天晚上和你一起巡逻，我咋从没见过你和她打过什么电话呢？”

苏岩说：“这个女的有家！”

马三说：“不能吧？”

苏岩说：“如果你不和我提你表姐，这个事儿呢，我是不会说的……最近不瞒你说，我有点儿陷进去了！”

苏岩说得无比认真，马三还当真了。作家都这个德行，总把看到的听到的就当成真实的。

马三说:“那这个女的丈夫是干吗的?”

苏岩说:“是检察院的!”

马三说:“检察院的老婆!你……离她远点吧!这太危险了!”

苏岩说:“我也知道太危险。所以,我准备今天和她整最后一次!”

马三说:“你打算和她在哪儿整啊?”

苏岩说:“北山宾馆。”

马三以为苏岩开玩笑,可当巡逻车路过北山宾馆,苏岩真的要下车时,马三有点儿紧张了。

马三的嘴有点儿不好使:“苏……支队……你真的要整啊?”

苏岩在车里脱下警服,换上了便服之后,点着头说:

“对呀!你在门口,帮我盯着点儿啊!”

【7】

苏岩没坐电梯,沿着楼梯走到了宾馆的六楼。

他站在楼梯门口等了一会儿,等走廊里一个人没有之后,才快步地来到了605房间。

按照事先的约定敲门。

213。

门开了,苏岩闪进去,贺延龄又探出头,向走廊里看了看。看到走廊里一片寂静后,贺延龄才回身把门轻轻地关上。

两个人在房间里除了掏出工作证递给对方外，一句客套也没有。

贺延龄说：“你们徐厅以党性推荐了你们李局，而你们李局又以党性推荐了你。既然你这么了不起，那么，现在你就和我说点儿干货，怎么样？”

苏岩说：“你想知道什么？”

贺延龄说：“我想知道刘元在哪儿！”

苏岩说：“刘元应该就在本市！”

贺延龄很惊讶：“为什么？”

苏岩说：“一、刘元这个人的乡土观念很重，他轻易不会离开这里；二、刘元的饮食习惯很重，其他地方的菜他根本不吃；三、刘元这个人享受惯了，跑出去过那种颠沛流离的日子，他受不了……”

贺延龄有些不耐烦：“你说的这些只是道理，现在我要的是……”

苏岩说：“我知道你要什么。”

苏岩来之前就做好了充分的准备，他拿出了一张纸放在了贺延龄的面前。

贺延龄拿起来看着。

苏岩说：“这几年，我也一直找他。这三个是刘元最有可能的藏身之处！”

纸上所标出的位置非常详细，连户主的背景都写得十分清楚。

贺延龄看后，却有些怀疑：“这三个地方，为什么没有纳入我们的侦查视线？”

苏岩说：“这三个地方的房东都不属于刘元、刘唐朋友圈的，所以，你们靠大数据，是无法查到的。”

苏岩说得这么“内行”，贺延龄心里就有了数，但他还是问道：“既然你知道刘元可能藏在这三个地方，你为什么不抓？”

苏岩说：“刘元有枪，他手下也有枪，我总不能自己去抓吧！可我现在除了我自己，我谁都不相信！”

贺延龄理解了苏岩：“苏支队，这次你就放心吧，我们一定会把刘元抓住。”

【8】

刘唐从车里下来，张景春的秘书就迎了过来：“你好，刘总。省长在办公室等您！”

刘唐说：“好好好。”

两个人往里走的时候，刘唐对秘书关切地说：“那天我看你替省长没少喝呀！”

秘书说：“没喝多少。”

刘唐来省政府，秘书从未出来接过。这次刘唐还以为张景春对自己有了新认识呢，原来秘书出来接是为了把刘唐领到一个小会议室。

小会议室在走廊深处，门前几乎看不到行人。

刘唐这才明白，张景春是不想让别人看见他们。

刘唐心里多少有点儿察觉。

果然，见了面简单地寒暄之后，张景春就把一份材料放在刘唐面前：

“这个我批不了。”

刘唐不高兴了：“怎么批不了？”

张景春说了一堆理由。

刘唐感觉出了问题。

刘唐说：“张省长，这是您过去答应的。”

张景春也没客气：“可现在和过去不一样了！”

刘唐说：“怎么不一样了？”

张景春没说怎么不一样，而是直接点出了刘唐的要害。他说：“‘黑龙电力’那个项目，你收购的时候，用了不到3个亿吧？可后来你把它卖给国企的时候，就变成将近30个亿，这么一个项目，你就弄去了20多个亿！”

刘唐明白张景春的意思了，他装出很无辜的样子说：“张省长，20多个亿，并没有全都归我一个人！你知道，那个项目，邹林是大股东！”

张景春说：“好像不是吧！”

刘唐心里咯噔一下，张景春这是知道什么了。

刘唐赶紧解释：“我的省长大人，这个项目和‘黑龙电力’是有区别的。我们这是铅锌矿！那天邹林在酒桌上不是都和你说了吗，这个项目里还有你老婆的股份！”

即使搬出了邹林，张景春的态度依然很冰冷，他拿起了材料，对刘唐说：“这样吧，我找有关部门研究一下。”

研究的意思很丰富，既能表示同意，也能表示不同意。

但此时刘唐深刻地感觉出，张景春已经拒绝了自己。

刘唐急了，他拿出手机当面给车里的孙亚辉打电话：“你把张景春的那个密码发给我！”

张景春狐疑地问刘唐：“什么密码？”

刘唐答非所问：“是不是有谁和你说什么了？”

张景春也答非所问：“你这个是存折密码吧！刘总，如果你要是拿钱的话……”

刘唐说：“我不是要给你拿钱！我已经给你拿了那么多的钱，这次估计我拿再多的钱，你也是这个狗鸡巴样了！”

张景春愣住了，他问刘唐：“你说什么？”

刘唐指着张景春的鼻子：“我说你是狗鸡巴！”

【9】

进入某个网站，再进入某个信箱，然后才能用到密码。

张景春对上网之类的事儿不是很熟练，这些平时都是秘书帮他。这次他不敢用秘书。虽然刘唐没说信箱里有什么，但刘唐敢骂自己是狗鸡巴，张景春多少已经猜到了内容。

藏在互联网信箱里的，共有两段视频。

张景春只看了其中一段，就要关电脑。

刘唐说：“先别关，你得先从网站上退出来才行。”

退出了网站，关上了电脑。

平时高高在上的张景春主动给刘唐点烟。

这时的刘唐反倒谦虚谨慎了，他说："虽然我有这些视频，但张省长，你记住，我永远都不可能给别人看。"

张景春没吱声，但表情能看出他并不相信刘唐。

刘唐说："你帮我挣了那么多的钱，如果我用这些视频，我把你搞掉了，我不也得完蛋吗？"

从看到那些视频后，张景春就满脸不断地流着汗。他这时似乎才明白，为什么连邹林都对刘唐那么客气了。

张景春拿出了那份材料，对刘唐解释说："刘总，我刚才那么说，你不要在意，这个项目的审批现在的确是遇到了困难。"

张景春实实在在地说出到底遇到了哪些困难："这个项目要想通过，至少得蔡圣孟签字吧，知道吗，蔡圣孟昨晚给我打电话，他说他查出癌症了，要请假去北京手术！我说，你签完字再去手术，他说，张省长，你非让我签的话，那我就只好辞职了。"

刘唐听张景春这么说，也很吃惊，蔡圣孟只是省政府某个部门的局长。

刘唐说："为了不签这个字，蔡圣孟连官都不要了！"

张景春说："可不吗，要不然，今天我怎么能对你这个态度啊！"

刘唐赶紧向张景春赔礼："对不起，对不起，张省长，我这个熊样，你也不要往心里去，我以为别人和你说什么了！"

张景春说："别人能和我说什么呀！"

两个人消除了误会之后，开始共谋如何让这个项目尽快落实、落地。

从知道互联网上隐藏着有关自己的视频后，张景春对刘唐的态度完全不一样了。说话那个谦卑，感觉像是刘唐手下的一个副经理。

刘唐只好提醒张景春："你是副省长，你和我说话不要这么客气！"

【 10 】

孙亚辉说："你给张景春看视频了？"

刘唐说："是的。"

孙亚辉说："张景春看完什么反应？"

刘唐说："和其他人反应一样。"

刘唐的情绪反倒显得有些低落。

孙亚辉问："你怎么了？"

刘唐说："我本以为，张景春能和别人不一样呢，他毕竟是副省长啊！没想到他和副县长副区长都一个德行！孙总，你知道我当面说他什么吗？我说他狗鸡巴！"

孙亚辉说："你不应该这样说他！"

刘唐说："我是不应该这样说他，可你没看到开始他那个熊样！拿完我们的钱，睡完我们的女人，就不想帮我们的忙了，世界上哪有这样的好事！"

孙亚辉也说："是啊，过去我认为，世界上没有免费的午餐，其实，现在看也没有免费的晚餐。"

刘唐笑了："早餐也没有。"

刘唐每次情绪不稳定时，孙亚辉都会说些轻松的话。

刘唐对孙亚辉说："孙总，你不要担心我，虽然有时我爱发火，但我是分人的，你看我什么时候和邹林发过火？"

孙亚辉心说，如果你和邹林也这样发火，那就说明，他妈的，你已经在精神病院里了。

孙亚辉说:“刘总，这正是我最佩服你的地方。”

【11】

苏岩向专案组提供的刘元藏身之处，分别是桦林别墅区 5C、丽水兰天的 9 号楼、世茂广场的 17 层。

想要查清三处地点是否有刘元，如果通过当地派出所简直易如反掌。但由于此次行动是“异地用警”，专案组必须要遵守办案纪律。

连当地土生土长的苏岩现在都不相信任何人，专案组更不敢有任何冒险。

对这三处的调查主要采用监视和跟踪的方法。

监视好办，藏在隐蔽处盯着即可。

跟踪有些麻烦。

专案组的侦察员多数来自外地，对益州不熟且又不是当地口音，跟踪时自己极容易暴露。

跟踪有两个原则：一是“宁丢勿醒”，二是“宁醒勿丢”。即宁可跟丢了也不能让对方发现，或被发现了也要死死跟住。

在益州对刘元的跟踪显然是前者。

已经上了公安部“A 通”的刘元，多次追捕都被其逃脱，就是因为其事先得到了提醒。这次如果被其发现有人跟踪，不仅他可能跑了，他的手下甚至他的哥哥刘唐都可能会有所警觉而逃跑。

收网时间越来越近。

每次的跟踪都必须要万分小心。过去要抓的只有刘元一人，现在不是了。

“枪案”“命案”“黑社会性质组织”等，收网行动要同时抓到近百人。

在这近百人当中，刘元与刘唐必须要同时抓到。

【12】

韩健睡得正香的时候，被手机的铃声吵醒了。

这是那个专用国产手机的铃声，这个铃声响起往往意味着有大事儿发生。

韩健迅速地拿起电话。

贺延龄在电话里说：“刘唐要跑。”

韩健说：“他要往哪儿跑？”

贺延龄说：“他要往新加坡跑。”

刘唐在北京本来订好了回省里的票，但他在去机场的路上却突然订了去新加坡的票。

韩健说：“去新加坡的航班还有多长时间登机？”

贺延龄说：“3 个小时 25 分。”

韩健说：“做好准备，抓他吧！”

这句话，韩健说得有些无奈。

对整个涉黑犯罪集团尚未形成合围，此时抓集团重要嫌疑人刘唐极有可能打草惊蛇，功亏一篑；而不抓刘唐，一旦让其逃到国外，将失去部党委对整个犯罪集团务必一网打尽的根本要求！

解决这个“两难”，只有一个办法。

韩健对贺延龄说：“此次抓捕刘唐，必须要秘密。”

刘唐已经在去机场的路上，在路上抓他需要与多部门多警种协调配合，时间这么紧，显然已不大可能。

能够抓刘唐的地点只能是北京首都机场。

刘唐是全国著名的企业家、慈善家，这样一位明星式的人物，要想在世界上最繁忙的北京首都国际机场，对其秘密抓捕，几乎比登天还难。

但好在刘唐这样高级的人物，每次到机场都要去相对豪华安静的贵宾厅候机。这让秘密抓捕相对容易一些。

但再容易也得需要足够多的警察才行。这么紧的时间，往常一般会让机场派出所的警察帮着抓，但现在要去秘密抓捕刘唐这样重要的犯罪嫌疑人，专案组可不敢冒这个险。

抓重要的人物只能用重要的警察！

北京有一支重要的警察队伍——金盾突击队。这是用来“反恐”的公安特警。世界上所有先进的装备，突击队全都应有尽有。

训练有素的特警们在专案组曹岩和高歌的带领下，乘坐直升机提前赶到了北京首都国际机场。

【 13 】

机场的贵宾厅不止一个。

特警们来的这个，离登机口很近。根据各种数据分析，刘唐到这个贵宾厅的可能性最大。

贵宾厅里的服务人员都是帅哥美女，特警里的帅哥美女也不少。特警们都经过各种培训，他们换上了职业套装后，马上进入了角色。

高歌、曹岩则装扮成候机的客人坐在贵宾厅的角落里等着刘唐的到来。

刘唐这次是带着张雨、孩子、孙亚辉和郭子强一起走。

他们一行五人进来后，关门、隔离、控制要一气呵成。

如何让年幼的孩子不受到惊吓，如何让受过训练的郭子强没有“用武”之地，特警们已经在短暂的时间里进行了演练。

高歌和曹岩负责控制刘唐。

贺延龄直接给曹岩打电话，告诉他控制刘唐之后的注意事项。

贺延龄说：“你说话一定要和蔼，要让刘唐明白，任何反抗都是徒劳的。”

曹岩说：“贺处，您放心吧！”

高歌的笔记本电脑连上了机场的监控，通过监控画面，已经能看到刘唐等五人正一步步走到贵宾厅的门前。

高歌下达了命令：

“各就各位，准备抓捕。”

已经化了装的特警们一个个露出了职业般的微笑。

刘唐一行五人走到了门前，孙亚辉、郭子强都把脚迈进门里了，可刘唐却径直从门前走了过去。

刘唐走了过去，其他人只好跟着也走了过去。

看着刘唐等人远去的背影，大家的眼睛全都直了。

【 14 】

刘唐没有进贵宾厅并非是发现了里面有什么危险，而是他恨不能一步就想登上飞机马上飞走。

刘唐是突然决定离开的。事先除了孙亚辉知道之外，张雨和郭子强到了机场才知道。

这样临时改变行程，刘唐过去是经常的。张雨、郭子强习以为常，他们没什么反应，唯一有反应的是刘唐的儿子。

儿子平时有点儿怕刘唐，他不敢和爸爸理论就向妈妈张雨发出质问。

儿子说："妈妈，我们不是要回家啊，怎么突然要去新加坡啊？"

张雨说："你爸要领咱们去看大象！"

儿子说："新加坡有大象吗？"

张雨说："有啊。新加坡不仅有大象还有狮子、老虎……"

儿子来了兴趣，又问起了别的："妈妈，那新加坡有地主，有胡汉三吗？"

搁平时，听到这样的问题，刘唐会把儿子抱在怀里，亲自解答，但现在他没这个兴趣。他坐在登机口的椅子上，眼睛一直在东瞅西看。

贵宾厅里的特警们见刘唐没进来，他们只好出去。

出去就不能再穿着那种职业套装，在登机口抓刘唐得化装成旅客才行。

高歌、曹岩不用化装，他们俩拎着行李，直接奔向了刘唐的位置。

这让刘唐产生了警觉。

抓捕刘唐只能坐在刘唐的身边。

高歌与曹岩坐下后，刘唐用眼角的余光盯着他们俩。

被刘唐眼角的余光盯着，高歌、曹岩早就看在眼里，但他们俩都假装没看见。他们现在的当务之急是要打消刘唐对他们俩的怀疑。

两个人坐在刘唐的身边就开始了演戏。

"哎，你和你老公是怎么说的？"

"我说我到新加坡去学 WTE！"

"WTE 是什么呀？"

"是什么我也不知道，但我老公知道 WTO，所以，我就编个 WTE。哎，你到新加坡，你和你老婆是怎么说的？"

"新加坡我不是要买个庄园吗，我老婆知道，所以我到新加坡，她都没问。"

……

两个人说话的声音虽然很低，但足可以让刘唐听得一清二楚。

刘唐听出这对狗男女是到新加坡偷情之后，就对他们打消了怀疑。

见刘唐不再用眼角的余光盯着自己，曹岩急忙通过特殊手机的短信，向贺延龄汇报："刘唐一行共有五人，他们中有孩子有女人还有保镖，现在对他们进行秘密抓捕难度极大，他们当中只要有一人大喊大叫……"

贺延龄回复："废话少说，准备抓捕。"

【 15 】

装扮成旅客的特警们也陆续来到了登机口，他们也都像高歌、曹岩似的，不动声色地潜伏在孙亚辉、张雨、郭子强等人的身边，他们每人都有一个微型耳机。

耳机通过无线与高歌的微型话筒相连。

尚未开始登机，每个人都做好了抓捕刘唐一行的准备。

高歌、曹岩的手心全都开始冒汗，他们能感到自己的心都快跳出来了。类似的抓捕已经很多次，每次追捕前他们这种干警早气定神闲的了！

这次如此紧张主要是担心！

部里下的命令是秘密抓捕！

这么多围观的，要想保密几乎是不可能的！

好在最关键时刻，贺延龄来了最新指令：

"立刻停止抓捕。我重复一遍，立刻停止抓捕。"

【 16 】

刘唐为什么突然要跑?

原因必须要迅速查到。

监视刘元的干警没发现刘元有要跑的迹象，显然，刘唐跑的原因与刘元无关。

既然与刘元无关，那么抓刘唐时，如果不能保证绝对秘密，那么有可能抓了刘唐却让刘元跑了。

这是专案组不能接受的。

尽管刘唐涉嫌多项犯罪，但目前直接的证据只能证明刘唐对刘元有包庇嫌疑，如果刘元跑了仅仅抓了刘唐，对刘唐的指控也就意义不大了，何况本案是部督办“×·××”专案，“×·××”的主犯刘元抓不到，这个案子就成了无根之树!

所以，为了保证抓住刘元，只能眼睁睁地看着刘唐跑掉。

刘唐突然要跑的原因查到了，原来副省长张景春已经接受组织调查。这让刘唐立刻成了惊弓之鸟!

公安部在省里秘密调查刘唐的时候，中纪委也在省里秘密调查张景春。

两个部门都是秘密调查。这之前，刘唐已经通过王秘书了解到，公安部在省里有个工作组。所以，当中纪委在省里突然依纪将张景春“双规”之后，刘唐产生了严重错觉。

其实，这次中纪委与公安部展开了两个相互无任何关联的独立行动，只是由于时间点上的巧合，使得刘唐误以为自己会受牵连。

【 17 】

贺延龄说:“张景春与刘唐关系那么密切，张景春被双规了，刘唐自然而然会产生跑的冲动！所以，刘唐这次出逃应该是暂时的！”

韩健说:“你认为刘唐跑出去只是为了避避风头。”

贺延龄说:“是的。”

刘唐跑出去之后的第三天，刘元便被专案组准确定位。

贺延龄说:“现在包括刘元在内至少有八十人可以同时进行抓捕！”

韩健不同意:“这八十人抓了，刘唐就更不敢回来了。要想办法让刘唐尽快回来！只有这样，我们才能一网打尽。”

贺延龄说:“让刘唐尽快回来有难度。”

韩健说:“刘唐跑出去不是因为他怀疑公安部有个工作组在调查他，显然他认为我们这个工作组是在配合中纪委，贺处啊，你以此可以做点文章嘛！”

【 18 】

贺延龄很长时间都没喝酒了。一是管得严，二是处里也没有喝酒的经费。但这次为了工作，韩健特地给贺延龄批了两千块钱。

两千块钱买瓶像样的红酒都不够，但好在是处里内部搞的一个小型庆功宴，大家喝喝北京的二锅头也很满足。

吃饭的时候，贺延龄把彭中跃也叫来了。

彭中跃既是王秘书的朋友，也是贺延龄的朋友。

喝酒的时候，贺延龄自己什么都没说。但在酒桌上，处里的同事时不时说出了一些所谓的秘密。

这些秘密能清楚地反映出，贺延龄所领导的这个处，刚刚在省里配合中纪委搞了一次成功的行动。

【19】

刘唐每次来新加坡和他到澳门都是一个目的，那就是赌。

像大多数男人一样，刘唐除了喜欢赌还喜欢睡（刘唐不喜欢说嫖）。每次睡女人得睡到腰直不起来，每次赌得把能调来的资金和能担保的额度全都用光全都输光。

刘唐说："我这一生是战斗的一生！"

但刘唐这次到新加坡无论赌还是睡，都似乎兴趣不大。

虽然跑到了国外，但刘唐的心却牢牢地留在了国内。

刘唐差不多每天都给邹林打电话，邹林无奈地只好和他说了实情。

邹林说："公安部确实派了一个工作组到你们省里，但这个工作组不是为了查你！"

刘唐说："那查谁？"

邹林说："查张景春，公安部是在配合中纪委。"

刘唐恍然大悟："原来是这样！"

邹林说："现在张景春被'双规'了，公安部的工作组也解散了。"

刘唐说："你怎么知道？"

邹林说："工作组的组长是贺延龄，王秘书和他过去很熟。前两天，工作组在昆仑还搞了一个庆功宴！刘总啊，这回你就彻底放心吧！"

邹林和刘唐说这些的目的，是想让刘唐今后不要再打电话骚扰自己，但刘唐却提出了新的要求：

"你说王秘书和那个贺延龄很熟，是吗？那能不能让王秘书去找找他？"

邹林说："干吗？"

刘唐说："你让王秘书帮我确认一下吧。"

邹林说："有这个必要吗？"

刘唐说："当然有这个必要了。"

邹林想了想，也觉得有这个必要。

刘唐怕自己有事，邹林其实也怕。

刘唐被抓了，对刘唐是坏事儿，对他邹林其实也是坏事儿！

【 20 】

贺延龄把车开进了院子里，才发现在闹市中还有这么幽静的地方。

院子不大却有水有石有绿，生机盎然里，一个雅致的二层小楼梦幻般掩映其中。

这么美的地方，贺延龄都有点儿不好意思把自己的车停下来。

一位美女站在门前，露出亲切的笑容。

美女说："您好，贺处长吧，王秘书正在等您。"

美女领着贺延龄走进了小楼里。

小楼里古色古香。

一路上，美女始终没话找话："贺处是第一次来我们这里吧？"

"是。"

"好找吗？"

"好找。"

"既然好找，希望您今后能经常光临，我们一定为您提供最优质的服务。"

美女身上的香水是沁人心肺的那种。

贺延龄心想，王秘书真会享受。

进了一间不大的茶室，王秘书起身与贺延龄握手。

贺延龄表现出受宠若惊的样子："对不起，对不起，王秘书，让您久等了。"

王秘书说："贺处，您客气了。我没有久等，而是我提前到了。"

贺延龄说："那我应该早来。"

王秘书一点儿架子也没有，他笑呵呵地说：

"即便你早来了，你也会在外面等的是不是？反正我是，见领导，早去了领导为难，晚去了让领导不满，所以，守时最重要。"

【 21 】

两个人寒暄的时候，美女把两盘精致的点心放在了桌子上，说："请慢用。"

王秘书说："谢谢。"

美女说："不客气。"便轻盈地离开。

门关上后，王秘书把点心盘放在了贺延龄的面前，"贺处啊，你尝尝吧，这是他们店里自己做的。"

贺延龄急忙说："谢谢王秘书，我自己来，我自己来。"

贺延龄拿起一块放进嘴里。

点心应该相当高级，但这个充满南方某个小镇的味道，贺延龄有点儿受不了，他真想吐出来。

王秘书说："怎么样？"

贺延龄说："不错。"他假装无比地好吃，吃完一块接着又吃了一块。

王秘书说："一会儿走的时候，我让店里给你带一盒。"

贺延龄说："谢谢。"

此时的贺延龄一点没有处长的样子，他显得很谦卑，时不时地为王秘书殷勤地倒着茶。

王秘书主动把话题引出来："彭中跃和我说，你们前两天喝多了。"

贺延龄说："可不。这个彭中跃真是喜欢喝呀，我们喝的是二锅头。"

王秘书对二锅头显然没兴趣，他只说了几句闲话，便直奔主题，"彭中跃说，你们前些日子到省里去配合中纪委了？"

贺延龄说："可不嘛。前前后后有小半年，我们都累坏了。"

来之前，贺延龄也大致了解了张景春被调查的情况，所以，他和王秘书说的也都吻合。

王秘书十分高兴。他说："贺处啊，谢谢你和我说了这么多。"

贺延龄说："王秘书不用谢，如果上周你问我，我还得和你装糊涂，那时，你知道工作组还没解散，有些话，我是不能说的。"

王秘书说："即便现在你和我说，我也得表示感谢！"

说着，王秘书还把茶杯举了起来。

贺延龄急忙也拿起了茶杯："王秘书，您太客气了。"

两个人碰了茶杯，喝了茶，自然而然开始谈到了刘唐。

王秘书说："开始我还以为你们到省里是去查刘唐呢！"

贺延龄说："刘唐是大企业家、大慈善家，我们查他干吗？"

王秘书说："刘唐的弟弟不是上了你们的A级通缉令吗？"

贺延龄说："他弟弟是他弟弟，和他不发生联系。再说了，我们是配合中纪委，我们只能围绕腐败去查，其他的，我们也没权力干涉。"

贺延龄说得很诚恳，似乎把王秘书也当成了首长。

王秘书更没客气，最后，他甚至看着贺延龄的眼睛直接问："你们到省里真的是与刘唐无关吗？”

贺延龄迎着质问的眼光，无比认真地回答：“报告王秘书，百分之百与刘唐无关！”

【 22 】

韩健说：“百分之百与刘唐无关！贺延龄同志，你这可是在公然地欺骗王秘书啊！”

贺延龄说：“如果不欺骗王秘书，那我就得去欺骗国家，去欺骗人民！”

韩健拿出一支香烟，递给了贺延龄。

贺延龄接过后，伸手去拿打火机时，韩健抢先拿起打火机，主动要给贺延龄点。

贺延龄拒绝着：“我自己来！”

韩健一边坚持着为贺延龄点燃香烟，一边不动声色地问贺延龄：

“刘唐回国的机票，订了吗？”

贺延龄说：“订了。”

【23】

听说高露也在新加坡，刘唐来了兴趣。他问孙亚辉："你说高露和刘正君会不会有一腿呀？"

孙亚辉说："我认为不会。"

刘唐说："为什么？"

孙亚辉说："刘正君喜欢那种胖墩墩的，高露这么瘦……"

刘唐说："刘正君真的喜欢胖墩墩的？"

孙亚辉说："对呀，刘正君上次喝多了亲口告诉我，他说睡在胖墩墩的女人身上，就像是睡在船上。"

刘唐扑哧笑出了声。

孙亚辉很欣慰，这次到国外还头一次见刘唐这样笑。刘正君是否喜欢胖墩墩的女人不重要，重要的是能让刘唐开心，才是孙亚辉的重中之重。

按照过去泡女人的套路，孙亚辉主动告诉刘唐说，某某局长、某某司长、某某秘书、某某处长也都在新加坡呢，是不是把他们也都一块请了？刘唐说，好啊，这些人都对咱们有过恩情。孙总，咱们要永远记住别人的好！

【24】

高露打扮得仍然像在电视出镜那样，上身是职业套装，下身是那种很短的裙子。

刘唐喜欢高露这个样子，但他一点儿没有表现出来。安排座位时，他故意让长得不是很耐看的郭秋梅坐在身边。

这几天是国内某个传统节日，不少达官显贵借机来国外过节，所以聚齐一桌名流，比在国内还方便。

看着男人们个个衣冠楚楚，看着女人们个个风韵卓姿，刘唐端着酒杯，开始指点江山："感谢张大司长、刘大秘书、李大局长、王大处长……"

刘唐边说边用手示意，那些被点到的"领导"频频点头回敬。

高露坐在角落里，端着酒杯，很淑女地注视着一切。

刘唐的目光从她的身上深情地滑过，继续说："感谢你们在百忙中，能够参加我们这个小小的聚餐，你们的到来，让我刘唐欢喜尢比。当然了，今天，我最要感谢的，便是我们的……"

刘唐的目光落在高露的身上。

高露有些不自然，但刘唐的手势，却指向了高露旁边的男人："我们最敬爱的刘台长！"

戴着眼镜的刘正君，急忙地说："谢谢，谢谢刘总。"

刘唐说："亲爱的刘台长，过去只是知道您是刘正君，现在才知道，您其实是刘正义。诸位，我提议，为我们刘台长的正义干杯！"

大家举杯在桌子上"过电"干杯了，也没人搞明白刘正君为什么变成了刘正义。反正电视台的台长，是正君还是正义都无所谓。

刘唐嘴上认真地说着正君正义，眼睛却在看着高露白皙的脖子。

【 25 】

桌子上杯盘狼藉之后，喝酒的离开各自的座位，全都三三两两窃窃私语。

刘唐也开始利用这个时间段，与各个领导倾诉忠肠。

刘唐对张德召说:“张司，那个事儿，您没少帮我。感谢感谢，有机会，欢迎您到我们公司莅临指导。”

张德召说:“刘总，您太客气了。”

刘唐敬完酒，孙亚辉不失时机在张德召的耳边，小声地说:“我们刘总给您准备了点儿小礼物，已经放在您车里了。”

刘唐又走到了刘守仁的跟前，说:“刘秘，找机会，你给领导安排个时间，我们和领导再喝点儿呗！”

刘守仁说:“我亲爱的刘总，领导的时间，我哪定得了啊！”

刘唐说:“别谦虚了，人家都说你是大内总管！”

刘守仁说:“哪有啊！”

这时，孙亚辉又不失时机在刘守仁的耳边说:

“刘秘，上次那个事儿，多亏你了。谢谢啊！”

刘守仁说:“谢什么呀，就一个电话。”

孙亚辉说："你这一个电话，对他们来说就相当于是圣旨。唉，别的不说了，我们刘总，给您准备了点好东西。"

刘守仁说："什么好东西？"

孙亚辉说："一块和田玉！"

刘守仁喜笑颜开："多谢了。"

高露与身边的郭秋梅谈着化妆品之类的内容时，刘唐和孙亚辉端着酒走了过来。

高露急忙起身，向刘唐报以微笑，但刘唐像没看见似的，竟从她身边走了过去，高露顿时显得有些尴尬。

刘唐把正在和一个女孩聊得正欢的刘正君拉了过来。

刘唐搂着刘正君说："喝酒就要专心致志，不能一边喝酒一边泡妞，是不是刘台？"

刘正君反搂着刘唐说："刘总啊，我就这么点儿爱好！"

刘唐在刘正君的耳边说："那咱俩是一伙的！"

刘正君嘿嘿地笑着。

刘唐端起了酒杯："什么都不说了，刘台，再次感谢。"

其实，刘正君给刘唐办的事儿不大，无非是安排个采访。

刘正君心里清楚刘唐干吗要这么隆重地请自己，这时，他把高露拉到跟前，很真诚地说："刘总，不要感谢我，要感谢的话，你应该感谢我们台的高记者。"

刘唐这时像是发现了新大陆似的，热情洋溢地注视着穿着短裙的高露。

高露主动伸出手："你好，刘总。"

刘唐没吱声，一个劲儿地握着高露的手。

高露只好小声说："刘总，别挠手心，行吗？我怕痒。"

【 26 】

连喝了几杯酒，刘唐与高露开始说着亲切的话语。

"今天，请了这么多的客人，其实最想请的只有您一个人！"

"刘总，您是不是和每个人都这么说呀？"

"需要我对天发誓吗，高老师？"

"别别别，别叫我高老师，您就叫我小高！"

"小高，我感觉，我给您留下了不太好的印象！"

"没有啊！"

"真没有吗？"

"真没有。"

两个人正亲热地说着，已经喝多的张德召走过来，搂住了刘唐的脖子，说："兄弟啊，咱俩还得再干一个。"

刘唐和张德召到旁边去干杯时，孙亚辉来到了高露的身边。

高露说："你好，孙总。"

孙亚辉说："高小姐，是这样，今天，我们给前来赴宴的每个人都准备了礼物，但您的礼物，我们刘总想了好长时间，也不知道……"

高露说："孙总，我不要……"

孙亚辉说:“你必须得要。”

高露说:“为什么?”

孙亚辉说:“因为这是新婚姻法规定的!”

高露笑了。

孙亚辉说:“高小姐,不要笑,真的,给你的礼物,我们刘总想了好长时间,都没想出来,所以呢……”他掏出了一个名片夹,递给了高露,“这里面有一张卡,你喜欢什么,你就看着买什么吧!”

高露摸着精美的名片夹。

通过缝隙,的确能看到里面有一张银行卡。

高露说:“卡里有多少钱呐?”

这种卡孙亚辉过去没少发,里面没多少钱,但孙亚辉每次都往死里说:“高小姐,这是一张副卡,主卡是我们集团公司的。”

高露说:“什么意思啊?”

孙亚辉说:“意思就是只要我们集团能买得起的东西,您都可以买!”

高露被镇住了。

【 27 】

宴会散了以后,刘唐和高露走在了最后。

刘唐假装喝多了,走得有些不稳,高露自然而然扶住了刘唐。

刘唐的手也就自然而然搂着高露的腰。

两个人的身体都这样亲近了，可嘴上说的仍旧道貌岸然。

刘唐说:“刚才喝多了，我可能说了很多没用的。小高啊，您可不要往心里去呀。今天，其实就一个意思，那就是感谢……”

高露说:“刘总，您太客气了。不就是到你们公司去采访吗，这是举手之劳，再说了，即便刘台不安排我到你们公司采访，我也早就有这个打算。”

刘唐说:“是吗？”

高露说:“是的。”

刘唐说:“为啥呀？”

高露没说为什么，但身体却向刘唐的怀里挤了挤。

这个意思已经很明确了。

刘唐干脆把高露搂了过来。

高露这时却突然拿出了那张名片夹，放在了刘唐的手里。

刘唐说:“干吗呀？”

高露说:“刘总，这个我不能要。”

刘唐说:“大家全都要了，唯独你不能要！我这脸往哪儿放呀，小高啊，你太残忍了，你不要把它扔了不就完了！”

刘唐说着要扔卡，高露亲切地制止了，她把卡放进了刘唐的兜里，说：

“你这卡上没密码，扔了让别人捡去，使劲花您钱，我该心疼了。”

高露说着这些高雅的话语，刘唐的手已经伸进了高露的裙子里。

刘唐用力抚摸时，高露的表情没有丝毫变化，仿佛刘唐在摸着别人的屁股。

高露把银行卡放进了刘唐的兜里，是希望刘唐再拿出来，再放进她的包里。这样的话，一会儿即便和刘唐进了房间，也好像她不是为了钱才和刘唐上床似的。

往常刘唐也一定会这样做，甚至会说，这是公司给你采访用的辛苦费之类。那样说了那样做了，大家都有面子。

但这个夜晚，刘唐既不想这么说，也不想这么做。

大概是摸屁股时感觉不对了，刘唐的欲望忽然少了许多。这种情况下，就算进了房间里，刘唐估计也得吃上两片那种药才行。

刘唐每次吃这种药都是让别人欲仙欲死，自己的感觉很一般。如果是平时，出于虚荣，刘唐也不会把送上门的女人再推出去的。但今天这个夜晚，刘唐却对高露说："本来今晚想找个地方再和你接着喝，可明天我要回国，所以一会儿就只能让司机把你送回去了。"

高露见刘唐没有把银行卡再拿出来，她马上也没了情绪，她巧妙地侧开身，让刘唐的手离开她的屁股后，仍满含深情地说：

"明天你就要回国了？"

刘唐说："可不是吗？"

高露说："那太遗憾了，刚和您认识就……我还想明天请您吃饭呢！"

刘唐说："过些日子，你不是还要到我们公司去采访吗，到时候，我请你！"

【 28 】

孙亚辉说:“你看她那个贱兮兮的样子，你今晚完全可以把她拿下！”

刘唐说:“我不想那么做！”

孙亚辉说:“为什么？”

刘唐说:“你没看出来吗，她是喜欢上了我这个人！”

孙亚辉没吱声。

刘唐掏出了那张银行卡放在了孙亚辉的面前说:“这个女人不喜欢我的钱！”

孙亚辉扑哧笑了。

刘唐说:“你笑什么？”

孙亚辉说:“她是假装不喜欢，等你把她睡了，她保证一分钱都不带少要的！”

刘唐被打了脸，十分不满:“孙亚辉，我发现一个规律。”

孙亚辉说:“什么规律？”

刘唐说:“每次，你不喝酒的时候，你说的每句话，都能句句暖我的心，可一喝完酒，你怎么就……”

孙亚辉说:“对不起啊，刘总，我一喝多了，就爱说真话。”

这样的话能从孙亚辉的口里说出，刘唐更加不满，他质问孙亚辉:“你那意思是说，平时你和我说的都是假话呗！”

孙亚辉一点没客气:“有时候是这样。”

过去无论喝再多的酒，孙亚辉都没这样过。

刘唐盯着孙亚辉使劲看，孙亚辉竟然盯着刘唐也使劲看。

刘唐说：“干吗这样看着我，你犯病了？”

孙亚辉说：“我没犯病，刘总，你为什么不干这个贱货？”

刘唐说：“我要是干了她，我就会想睡觉，但孙总，今天晚上，我不想睡觉，我想和你好好谈谈！”

孙亚辉说：“你想谈什么？”

刘唐说：“我有种不祥的预感，明天一下飞机，我可能就会被抓起来。”

【 29 】

孙亚辉跟了刘唐这么多年，从没有像今天这样。他指着刘唐的鼻子说：“既然你有这个预感，那你干吗还要回去？”

刘唐说：“这只是预感，孙亚辉，我看你今天他妈的是疯了？”

孙亚辉说：“对，我他妈的，今天就是疯了。”

奇怪的是，刘唐竟然能容忍孙亚辉：“孙总，你冷静点儿！”

孙亚辉说：“我没法冷静。刘唐，你不要回去了，你在新加坡可以玩女人，可以玩……”

刘唐说：“可我不能玩一辈子啊，我回去得挣钱啊，不要忘了，我有那么多的员工。”

孙亚辉说：“你不要再装模作样了，你回去是为了你的员工吗？你是为了你自己……”

刘唐说:“为了我自己，我早就够花了，我早就不需要挣钱了。”

孙亚辉说:“你回去不是为了挣钱，你回去是为了证明你刘唐多么了不起！”

刘唐被说中了，有些不满，他盯着孙亚辉看。

被刘唐这样盯着，孙亚辉胆怯了，但他还是继续说:“你在新加坡，你在国外，你找不到被重视的感觉，只有回去，你才能觉得你刘唐是天下最牛逼最了不起……”

刘唐要发火了。

孙亚辉竟然跪了下来:“刘总啊，这些都没用，你回去要是被抓起来……”

这些年，孙亚辉还是头一次给自己下跪，刘唐急忙把孙亚辉扶起来，说:

“你不都知道了吗，王秘书是亲自给我打的电话，查张景春和我没关系！”

孙亚辉说:“查张景春和你没关系，可查刘元和你绝对有关系啊，公安部要是把刘元抓到了……”

刘唐说:“抓到了刘元，公安部也不能把我怎么样！我问过律师了！”

孙亚辉说:“律师的话，你也信。”

刘唐坐在沙发里用力抽着烟，说:“明天我回去，你留在新加坡吧！”

孙亚辉不吱声了。

刘唐说:“今天，你和我说这么多没用的，你就是不想和我回去，我说的没错吧！”

孙亚辉有些难堪。

刘唐说:“其实，我压根儿就没想让你回去!”

孙亚辉说:“为什么?”

刘唐说:“只要你不回去，就算他们抓了我，他们拿我也没办法。”

【30】

刘唐虽有不祥的预感，但这种预感无法战胜他要回来的冲动。上次因为张景春被抓就突然离开实在有些匆忙，国内有太多的事儿还需要他亲自处理。

为了安全，刘唐让郭子强先回去了。

回去之后的郭子强见了该见的人，问了该问的事儿，向刘唐汇报说，一切都是老样子，没发现有任何的不同。

鉴于此，刘唐判断出，我这次回去是安全的!

于是，刘唐带着张雨带着儿子，乘坐中国国际航空公司的班机回到了国内。

飞机到达北京首都国际机场的时间，是早晨七点多钟。

飞机停在了远机位，需要坐那种宽大的摆渡车才能抵达航站楼。

当然了，刘唐、张雨还有孩子坐的是头等舱，他们不需要坐摆渡车。他们下飞机后，有专门的丰田面包车。

刘唐下了飞机一直到坐上了丰田面包时，才感到有些不对劲儿。

面包车只拉上他、张雨和孩子三人，就迅速地离开了。

开车的是曹岩，负责服务的是高歌。

刘唐感觉这两个人面熟，等他想起来时，面包车已经开进了机场西面的机库里。

空旷的机库里停着两台警车，一排全副武装的人民警察早已威严地站立。

曹岩转身对刘唐说："刘总，希望您能配合我们工作。"

刘唐说："没问题。"

【 31 】

刘唐被秘密抓捕的同时，公安部启动了代号为"蓝剑"的收网行动。

追捕大队全部由北京出发，部领导亲自为干警们送行："你们这次去，将面对的，是最凶残、最狡诈的罪犯。你们要确保在不费一枪一弹的情况下，把犯罪嫌疑人全部缉拿归案！'山高路远坑深，大军纵横驰奔！'这次执行任务，你们准备好要随时流血牺牲！部党委选择你们参与这场战斗，是对你们政治上的充分信任，是对你们业务的充分认可！同志们，立即采取行动，部党委期盼着你们早日凯旋而归！"

【32】

凌晨3点，贺延龄亲自带着特警来到了桦林别墅小区。

为了绝对保密，不能让当地警方配合，进小区只能冒充业主。

越野车来到小区门口，贺延龄用事先准备好的门禁卡，扫了一下电子接收器。

小区大门的栏杆自动升起。

三台越野车分批进入了小区里。

刘元住在5C。这是一个独栋别墅。杨晓东提供的数据表明，刘元此时睡在二楼的卧室里。

刘元身上有枪，且枪就藏在枕头下。

根据计算，人惊醒后拿起枪，到开枪射击至少需要两秒钟。

所以行动时间不能超过两秒。

贺延龄带着特警直接来到了刘元卧室的楼下。

人墙迅速搭好，拿着破拆工具的特警，踩着人墙来到了二楼的窗前。

破拆工具是专门的那种，有门破门，有窗破窗，威力十分巨大。

窗户几乎被整个掀开。

在窗户尚未掀开时，负责抓捕的特警已经把身体紧紧地靠了过去。

特警几乎是与窗户一起跃进了卧室里。

尚在睡梦中的刘元，被飞身进来的特警死死摁在床上。

贺延龄估计整个过程也就一秒钟。

刘元的嘴里被塞进毛巾，头上被戴上面罩，直接塞进了越野车里。

为了保密，既不能把刘元押进当地看守所，也不能押在宾馆的房间里，只能将其暂时押在越野车里。

追捕大队来了很多人，带来了很多的越野车。这么多的越野车停在一起很容易暴露。追捕大队要求两辆越野车为一单位。

停放时，两辆车车尾相靠，车头向外。

刘元是本案的重中之重，贺延龄亲自在车里押着。

刘元在车里一直不老实，他的头来回晃动。

贺延龄拿下刘元头上的面罩，说：“配合一下好吗？”

刘元的嘴嘟囔着，贺延龄听明白了。

抓刘元时，全都是便衣，刘元以为被人绑架了。

贺延龄掏出了工作证，掏出了从北京带来的法律手续后，刘元彻底老实了。

贺延龄清楚地看到刘元的眼里涌出了深深的绝望！

【 33 】

部里在省里在市里采取收网行动，事先没有向省厅市局通报。

徐永年、李良虽然能理解，但心里仍十分失落。这么大的行动，地方警察不能参与，这是太大的讽刺！

搁过去，徐永年、李良会提出抗议的，但这次他们没有。

市局抓过刘元让刘元跑了，省厅抓过刘元也让刘元跑了，如果部里抓刘元再让刘元跑了，警察的脸还往哪儿放啊！

在共同的荣誉面前，个人、地方的得失真是太无所谓了。

虽然部里没通报，但根据经验，徐永年、李良内心是有预感的。特别是苏岩，在他向专案组提供了刘元藏身的线索后，就已经开始默默等待了。

不向省厅、市局通报的根本目的是为了抓住刘元，同样为了能够万无一失地抓住刘元，苏岩相信，专案组应该会再次找他。

果然，上午刚到局里，苏岩就接到了贺延龄的电话。

贺延龄说："你立刻下楼，到你们单位后面的东一条路，那里有辆越野车，车牌号是06C82，记住了吗？"

苏岩说："记住了。"

苏岩小跑着来到了电梯前，进了电梯，却碰到了局长李良。

李良说："你这是要干吗去，怎么还跑上了？"

苏岩说："马三给我介绍个女朋友，我去看看！"

工作时间去看女朋友？你支队长还干不干了？

李良不仅没批评苏岩，相反口气里还充满了关切："马三给你介绍的这个女朋友是干吗的？"

苏岩说："银行的！"

李良说："哪个银行的！"

苏岩说："建设银行的！"

李良笑了："不会是那个彭雨吧？"

苏岩也笑了："不是她。"

副局长关浩然已经被市纪委"双规"，通报中有"关浩然通过建设银行的彭雨，认识了两个卖淫女”等内容。

离开电梯前，李良特地对苏岩嘱咐道：“现在的女人都不太安全，你要小心，明白吗？”

苏岩说：“明白。”

【 34 】

苏岩上了越野车，车里有三名特警。

特警没有寒暄也没说要去哪儿。他们让苏岩换上了防弹背心，并问苏岩：“带枪了吗？”

苏岩说：“没带。”

执行这种抓捕任务，带的武器是那种专门进口的。

一支崭新的手枪递给了苏岩。

苏岩以为让他跟着去抓刘元。

不是。

他们抓的是郭子强。

飞机落地后，刘唐给郭子强打过电话。等下了飞机，刘唐就关机了。

刘唐经常关机，特别是睡觉的时候，其他人都不会有什么怀疑。

但郭子强有了怀疑，他很快给张雨打手机，张雨的手机竟然也关机。

张雨的手机有时在飞机上都不关机，下了飞机却关机了。

郭子强猜到刘唐可能是出事儿了。

郭子强急忙要给刘元要给孙亚辉要给其他人打手机时，他的手机突然没信号了。

郭子强明白他自己也要出事儿了。

郭子强有了警觉，这让专案组抓他有了难度。

郭子强身上有一支枪，抓他难免要发生枪战了。

好在郭子强住的地方远离市区，即便枪响了也不怕。

枪响了虽然不怕，但专案组却压根儿没准备用枪。

部领导在收网行动前，对前去抓捕的干警讲话中有这样一句：“你们要确保在不费一枪一弹的情况下，把犯罪嫌疑人全部缉拿归案！”

“不费一枪一弹”是有特殊含义的！

面对着罪犯的枪口，警察依法可以将罪犯击毙。但击毙罪犯，很多时候警察是不愿意这样做的。

警察与罪犯的关系很特殊，警察无论怎么恨罪犯，都不希望罪犯被打死！

警察职业里最大的动力是破案！

破案的关键是线索和证据！

如果把罪犯打死了，罪犯肚子里的破案线索也会被打死。因为“死无对证”，导致很多证据也跟着被打死！

线索没了，证据没了，还破个狗屁案呐！所以，为了保线索保证据，警察无奈只得去保罪犯。

【35】

郭子强随身携带的是一支五四式手枪，这个枪很大，型号很老，现在警察基本都不用了。郭子强喜欢用是因为这个枪威力大。开枪的声音也比六四之类响亮得多。

郭子强过去用这种枪主要是为了吓唬人。黑吃黑时，其他罪犯见到他拎着大五四来，一般都会转身就跑。

现在郭子强用这种枪拒捕，却给警察造成很大麻烦。

五四式手枪在膛里事先顶上子弹，可以连续打八枪。

郭子强很专业，一枪一个一点儿问题没有。

前来抓捕的警察要比郭子强更专业。即使郭子强躲在墙后，警察也能想办法将其一枪击毙。

可问题是，警察压根儿不想把郭子强打死。

郭子强太重要了，必须要活捉。

要想活捉带枪拒捕的犯罪嫌疑人，对其只能进行说服。

让苏岩来的目的就是为了说服郭子强。

苏岩熟悉郭子强，郭子强也熟悉苏岩。

苏岩来说服，成功的机率应该很大！

【 36 】

苏岩隔着门对郭子强说："兄弟，不要抵抗了，行吗？"

郭子强说："行啊！"

苏岩说："那你把枪扔出来呗！"

郭子强说："我扔出来了，你向我开枪怎么办？"

苏岩说："我不会开枪的。"

郭子强说："你是骗子，你说话，我不相信。"

苏岩说："那我怎么做，你才能相信？"

郭子强说："你举着手进来，我就相信。"

苏岩说："那好，你开门吧！"

苏岩进去时，特警们没有制止，因为都知道苏岩去做什么。

所以，苏岩进去了，特警们也都跟着进去了。

郭子强经过生死，面对着这么多的枪口，也毫无惧色，他用枪指着苏岩的脑袋，说：

"你把枪放下。"

苏岩说："我不用放下。"

苏岩当着郭子强的面，把枪里的子弹一发一发地退了出去。

郭子强傻眼了。

因为在苏岩退子弹的同时，进来的特警也把枪里的子弹退了出去。

苏岩对郭子强说："我知道你让我进来是什么意思，你想把我当人质，你想利用我跑出去是不是？子强，我们不可能给你这个机会。"

苏岩指着进来的这些特警，对郭子强说：

“你认识他们吗？不认识吧，我可以告诉你，他们都是部里来的，我不会给你当人质，他们更不会，所以，子强，你现在没有任何机会跑出去。你枪里最多有八发子弹，你看到了吧，我们进到屋子里的就是有十个人了，你不可能把我们都打死吧！”

郭子强虽然不说话，但他的枪口却一直指着苏岩的脑袋。

但苏岩似乎毫不在意，好像郭子强的枪是在指着别人的脑袋。

苏岩说：“老弟，你现在好好想想吧，如果你放下枪，我们这些人就是英雄，如果你现在开了枪，那我们他妈的就只能去当烈士了！”

苏岩说得很悲壮。其实警察真就是这样的职业。在英雄与烈士之间，他们自己有时根本无法选择。

好在郭子强最终放下了枪，并跪在了警察的面前。

【 37 】

郭子强当过兵，混过社会，他见过军人的勇敢，也见过流氓的勇敢，但他真没见过警察的勇敢。

苏岩这样的警察过去给他的印象是只会耍心眼，只会玩阴谋诡计，郭子强万万没想到，苏岩这帮逼警察还能如此面对生死！

巨大的反差不仅给了郭子强巨大的震撼，而且，关键时刻苏岩说的也确实到位：

“子强，开枪之前，我希望你能冷静想想，咱们之间有仇吗？有恨吗？

“如果我们杀了你的父母，杀了你的兄弟姐妹，你来杀我们，你一点毛病没有。

“我们来抓你，是我们的工作。

“子强啊，你不要再糊涂了，你这么做，你也是工作！

“刘唐不就是给你买了房子，帮你娶了媳妇吗？你这是干吗呀？你算算，你已经为他卖过几次命了？

“子强啊，你早就对得起刘唐了。你的工作到现在应该结束了！

“你在部队待过，你这样拒捕，刚才我们要是往屋子里扔个东西，你现在的尸体都找不全了。我们不想那样做，你爸你妈要是看到你那个样，他们俩能受得了吗？

“子强啊，把枪放下吧，你爸你妈养你不容易，到最后了，你是不是最低得再吃一顿你爸你妈包的饺子啊！

……”

【 38 】

抓夏长文是龚铁军带队去的。

龚铁军是干技术的，正常来说，抓人这种活儿，用不着他。

但收网行动要抓的人太多，抓捕大队来的特警也太多。

专案组几乎所有干警都既是指挥员又是战斗员。

夏长文涉案不像刘元、郭子强那么严重，他身上没有命案，所以，抓他不像抓刘元、郭子强那么兴师动众。

龚铁军利用技术把夏长文定位定得格外准。夏长文当时躲在地下室。

根据情报、大数据等分析，夏长文身上没枪，所以抓夏长文时，多少放松了警惕。

夏长文的身上也确实没枪，但他却有一颗军用手榴弹！

当手榴弹被夏长文握在手里时，龚铁军的大脑都木了。

特警把夏长文摁倒时，白色的引线已经被夏长文攥在了手心里。

这么多的特警都被集中在地下室里，手榴弹要是被拉响，大家都得同归于尽。

那只攥着引线的手被龚铁军玩命地压住了。他想把夏长文的手掰开，可在这种玩命时刻，人能产生无穷无尽的力量。

龚铁军和另外的特警最后生生把夏长文的两根手指掰断了，才总算把手榴弹抢下来。

这是从境外走私进来的俄制军用手榴弹！

给夏长文包扎手的时候，龚铁军问他："你一个小保安，干吗要这么拼命啊？你把手榴弹拉响了，我们完了，你不也得完吗？你至于吗？"

夏长文说："我没想拉响，我就是想吓唬吓唬你们。"

龚铁军说："有你这么吓唬的，你都把线拉出来了。"

夏长文说："我拉出来怕什么呀，不是还没冒烟吗？"

类似夏长文这样没念过多少书，大脑又特别简单的，被刘元刘唐弄来不少都当了保安。这种人容易被洗脑，很多打打杀杀的事情，公司都让他们去干。

夏长文的手被包扎好了之后，他忍着巨痛竟然还和龚铁军商量："别抓我了，行吗？现在就把我放了吧！"

龚铁军说："为啥呀？"

夏长文说："我们公司你们惹不起，今天抓了我，明天你们就得把我放回去。"

龚铁军说："你知道我们是哪儿的吗？"

夏长文说："不知道啊，你们是哪儿的？阳明分局的？"

龚铁军实在是没法和夏长文往下聊了，就说："我们不是阳明分局的，我们是前进派出所的！"

【 39 】

缴获了一枚军用手榴弹让专案组极为震惊。这之前无论根据徐伟的交代还是根据其他技术手段获取的情报看，没有这种大规模杀伤武器啊！

贺延龄对抓捕各组下达了紧急命令："提高警惕，避免意外情况发生。"

抓捕时真要发生意外，其实也无法避免。连国家领导人都说，警察这个职业是"时时在流血，天天有牺牲！"全国的人民警察每年因公死伤得数以万计。

好在这次收网行动，警察是零死零伤。正像部领导要求的那样，追捕大队真的是“在不费一枪一弹的情况下，把犯罪嫌疑人全部缉拿归案”！

整个收网行动，公安部在全国 7 地同时展开，13 个小时内，共抓捕涉案犯罪嫌疑人 86 名。

第六章 CHAPTER 6

【1】

专案组虽然把涉案够抓能抓的犯罪嫌疑人悉数抓获，但这并不是说警察的工作就结束了。

韩健说:“在这次代号‘蓝剑’的收网行动中，我们抓捕了以刘唐、刘元为首的众多犯罪嫌疑人，但这并不意味着我们已经取得了最终胜利。这个涉黑犯罪团伙在所属区域，危害多年。由于种种原因，他们所造成的一些严重罪案，直到现在仍未破获。现在我们打掉了这个黑恶团伙，必须要依法深挖余罪，决不留死角。我们要对这个犯罪团伙来一次总清算！在最后的预审环节，人民警察必须要交给人民群众一份最坚决、最彻底的答卷！”

预审并非是“纸上谈兵”，在侦查阶段同样无比重要。为了获取犯罪证据，警察甘愿冒生命危险，可用生命换来的证据，有时并不被检察机关所采纳，有的在预审环节就干脆被排除。

新修订的《刑事诉讼法》颁布实施以来，有关“口供和证据”“律师会见”“非法证据的排除”“同步录音录像”等新要求，给办案人员带来了前所未有的压力。

刘唐是著名的慈善家、企业家，这样的人物涉嫌黑社会性质组织犯罪，媒体哗然。

无数“大V”、无数“公知”，全都瞪起了雪亮的双眼，公安机关提供的证据只要有一点点瑕疵，马上会被放大无数倍。

鉴于此，对刘唐涉嫌黑社会性质组织犯罪的审理，必须做到对历史负责、对法律负责、对人民负责、对媒体负责了！

为了真正做到“对历史负责”，有关部门要求，审判结束后，全案所有移送起诉的材料和重点没有移送起诉的侦查卷要全部归纳整理存档，上交中央档案局，永久保存！

【2】

这么大的压力不仅仅给了公安机关，检察院、法院也同样如此。

为了对媒体负责，法庭审理时，要通过电视进行直播。

负责起诉的检察官刘子围对贺延龄毫不客气地说：“你们送来的卷宗可得要整得明明白白，不要以为咱们关系好，我就会照顾你们。我把丑话说在前面，只要我发现有一点问题，我立刻把卷宗给你们退回去。”

公安机关费了吃奶的劲儿，搞完的预审卷宗，被检察院退回进行补充侦察的，常常是不计其数。其实，按照法律规定“退补”最多两次。

但在实际工作中，检察官真要是“公事公办”，那将导致有太多的案子“腹死胎中”。

现如今，为了真正做到既要依法办案还要执法为民，人民检察官与人警察都很不易。中国如此之大，警力如此不足，人民检察官只好深深地理解人民警察的无奈与辛酸。

卷宗到了检察院，负责案件的检察官一般都会先帮着警察认真地看，看出问题了，就给警察提出合理的建议。当然了，如果碰到了大要案，同样忙得不可开交的检察官，就只能铁面无私了。

刘子围说：“不要怪我们无情，如果是你们公安机关在侦察、预审时出的问题，可到了法庭，丢人现眼的却是我们检察官！”

【3】

中国的律师虽然是在相对劣势、相对被动中成长起来，但正因为是在逆境中，也促使优秀的律师们练就了火眼金睛！

法庭上，公诉人证明犯罪既要从主观到客观，还要从客观到主观。所有的证据除了要连成锁，还得要形成墙。

如果能发现尚未形成锁的证据，如果在证据墙上找到一个漏洞，律师就会由弱势变强势由被动变主动！

因为任何漏洞都可能是致命的。千里之堤溃于蚁穴！

法庭上，只需一个致命的漏洞，律师就能挥起法律之剑，一剑封喉！

【4】

刘唐明知可能被抓还敢回来，之前曾和律师有过探讨。被抓之后，在看守所里还认真地看了相关的法律书籍。

但在法庭上，明明已经看了不少法律书籍的刘唐，却把自己伪装成法盲，他上来就无比实在地说：“我承认我有罪！”

刘唐承认自己有罪开始都把公诉人搞得一愣！

当然了，刘唐承认自己的罪不是杀人更不是黑社会性质组织，他承认的是包庇罪。

刘唐说得很煽情：“刘元逃跑的时候，我的确帮过他，我的确让公司给刘元的老婆拿过钱！刘元是我亲弟弟，我不能不管他。但我之所以管他，决不是因为他是杀人犯！检察官指控他，说他指使别人杀了聂树远……对此，我感到无比震惊！”

刘唐无比详尽地说了聂树远如何混蛋敲诈刘元，而刘元又如何忍辱负重，答应给聂树远拿了一百万。

刘唐说：“我弟弟让他的手下吴立波、钱凯去送这一百万现金时，谁承想，吴立波、钱凯却见钱眼开，他们俩是为了吞下这一百万，才没有人性地杀了聂树远！”

这之前，法庭上以确凿的证据，已经证实了刘元指使手下枪杀聂树远等人的事实，刘唐这么说等于是胡说，但旁观的听众却不这样认为。审理刘元时，刘唐没有在法庭上。于是，听众自然地站在了刘唐角度上：

刘唐肯定不知道他弟弟是杀人犯，要不然，他也不会承认包庇了他弟弟啊！

法庭上赢得旁观听众的认可，就相当于赢得了社会舆论的认可。为了达到这种效果，出庭前，刘唐已经按照律师的教诲演练多遍。

刘唐承认了自己包庇弟弟刘元是真话，但刘唐说真话的目的是为了说假话。

公诉人指着刘唐身边的郭子强问："你认识他吗？"

刘唐说："我认识，他曾经给我开过车！"

公诉人说："他叫什么？"

刘唐说："他叫什么……我有点儿想不起来了，抱歉，给我开车的人太多了，他应该叫王什么强吧？"

刘唐看着郭子强像是努力回忆着，那种感觉好像是真的想不起来了。

刘唐的表演很成功，他都敢说包庇自己的弟弟，所以，对这个简单的问题，刘唐没必要撒谎！这样看来，刘唐是真的和这个郭子强不熟悉啊！

旁观的听众对刘唐产生了这样的印象，让公诉人多少有些被动。

公诉人问刘唐："那你是否命令郭子强枪杀了王永成？"

刘唐勃然大怒："我是省政协常委，我是慈善家，我是……"

公诉人说："请你回答是否命令郭子强枪杀了王永成？"

刘唐说："绝对没有。"

对公诉人的指控，不仅刘唐不接受，连旁观的听众也不接受。

刘唐对郭子强都没什么印象，对这样一个不熟悉的人，刘唐怎么可能会去指使他？怎么可能会给他下达杀人的命令？

【5】

郭子强是刘唐的司机!

郭子强是刘唐的保镖!

两个人都在一起吃住那么长时间，刘唐竟然说他和郭子强不熟悉?

【6】

刘唐在法庭上公然撒谎，公诉人当场戳穿。

公认人出具了郭子强的供述材料。材料清楚地显示出，郭子强与刘唐熟悉，且受刘唐指使枪杀了王永成。

但让人感到意意外的是，郭子强却当庭翻供。

郭子强说:“我一共给刘总开了半个月的车，我和刘总确实不熟!”

汤夫在法庭上问郭子强:“刘总是谁?”

郭子强说:“是刘唐先生。”

汤夫说:“你在公安机关曾经承认，枪杀王永成是刘唐先生向你下达的命令，是这样吗?”

郭子强说:“我没有向公安机关这样承认过。”

公诉人播放了郭子强当时承认的视频录像。

郭子强说:“我那样承认是有原因的!”

汤夫说:“什么原因?”

郭子强说:“我如果那样承认了,警察就会去找我妈……”

汤夫说:“警察找你妈做什么?”

郭子强说:“让我妈给我包饺子吃!”

郭子强说的情真意切:“我犯的是死罪,我很想……死之前吃一顿我妈包的饺子,警察就忽悠我说,如果我能指认是刘唐向我下达的命令,就答应我这个要求。”

汤夫说:“你还记得是哪位警察忽悠你的吗?”

郭子强说:“我记得,他是警察苏岩!”

汤夫向法官申请让苏岩出庭。

苏岩来到法庭上,汤夫问他:“苏岩警官,请回答,你是否找了郭子强的母亲?”

苏岩说:“我找了!”

汤夫说:“你是否让郭子强的母亲,包了饺子?”

苏岩说:“是的。”

汤夫说:“郭子强的母亲一共包了多少饺子?”

苏岩说:“包了能有一大锅……”

汤夫说:“你带走了多少?”

苏岩说:“有整整两饭盒吧。”

汤夫说:“这些饺子,郭子强吃着了吗?”

苏岩说:“吃着了。”

【 7 】

苏岩让郭子强的母亲包饺子是在刚刚抓捕之后。当时苏岩答应郭子强是为了能让郭子强放下枪不再拒捕。

但郭子强却以此诬陷苏岩，让苏岩有口难辩。

这种事往往越描越黑。警察以“欺骗”方式进行诱供，是旁观的听众愿意相信的，苏岩如果辩解只能增加人民群众的反感！

抓捕郭子强时，郭子强持枪拒捕，完全可以将其击毙。苏岩和那些特警之所以宁可自己去死，也要让郭子强活下来，目的是让郭子强说出真相！

郭子强被抓之后，也的确表现良好。他问苏岩：“你答应让我妈给我包饺子吃，算数吗？”

苏岩说：“算数啊！”

苏岩经过层层批示，总算把郭子强母亲包的两饭盒饺子，放在了郭子强的面前。

郭子强一边流着眼泪，一边把饺子统统吃了。那个时候，他心里想着母亲，嘴里说着感谢警察的话。

所以，在预审阶段，郭子强是很配合的。

很多年前，王永成扬言要把盛唐集团给炸了。盛唐集团那么高的大厦，真要是给炸了，得需要多少炸药啊！

这明显是在吹牛！

但狂妄的刘唐是不允许别人在他面前吹牛的，于是，他亲自让郭子强在一个漆黑的深夜，把王永成枪杀了。

刘元后来为什么因为聂树远吹牛了，也让人把聂树远枪杀了，这是受到了刘唐的影响。

警察之所以重视王永成被杀案，无非是想一箭双雕。

警察想要证明的是，刘唐、刘元都是一路货色。

可关键证人郭子强见了律师之后，供词就发生了重大改变。

【8】

律师名叫姜书恒，他对郭子强还真没说一句“过分”的话。他对郭子强说的每句话，都符合法律，都符合律师职业规范。

姜书恒见郭子强前，认真地研究了检方对郭子强的指控。

郭子强涉嫌杀害三人，且手段残忍。

姜书恒对郭子强说：“你要有心理准备，我的辩护只能尽力而为。”

姜书恒搬出法律条款，逐一逐项分析了郭子强涉嫌犯罪的所有指控。

郭子强即便不懂法，也完全听得懂。

郭子强说：“判我死刑，我不在乎。”

姜书恒说：“那你在乎什么？”

郭子强说：“我在乎我爸我妈。姜律师，如果我被判死刑了，那我给我爸我妈买的房子，会被法院收回去吗？”

姜书恒没说会也没说不会，他说：“你给父母买房子的钱，是哪来的？”

郭子强说：“当然是挣的了！”

姜书恒说：“你是怎么挣的？如果是杀人得的酬劳……”

郭子强说：“绝对不是！”

姜书恒说：“是不是不能由你决定！”

郭子强说：“那由谁来决定？”

姜书恒说：“据我了解，你买房子时，是公司给你的奖励，对吗？”

郭子强说：“对。”

姜书恒说：“谁是你们公司的老大。”

郭子强说：“那当然是刘唐了。”

姜书恒说：“如果刘唐犯了重罪，被判了重刑，刘唐的财产可能会被全部没收的！”

姜书恒这样说是符合法律的，但郭子强却听出了弦外之音。

【9】

郭子强在法庭上承认自己确实杀了王永成。

公诉人说：“你为什么要杀王永成？”

郭子强说：“是因为公司有人给我下了命令！”

公诉人说：“是谁给你下的命令？”

郭子强说：“是孙总。”

公诉人说：“请说出孙总的名字。”

郭子强说:“孙总是孙亚辉。”

郭子强说是孙亚辉指使其杀了王永成是撒谎,但郭子强杀的另外两人,也的确是孙亚辉向他下达了命令。

孙亚辉不仅向郭子强下达过这样的命令,也向公司的其他人下达过这样的命令。

所以,郭子强说刘唐没有向其下达过杀人命令,连旁观的听众都认为郭子强没有撒谎!

郭子强对警方曾经的供诉,由于缺乏足够的证据支持,这种言辞证据不具备直接证据效能。

依法办案的今天,一切以庭审为中心。法庭只能采纳郭子强在法庭上的证言。

汤夫说:“鉴于此,刘唐涉嫌故意杀人犯罪缺乏证据支持。”

【 10 】

警方侦破以刘唐、刘元涉嫌黑社会性质组织犯罪过程中,需要核实的案件需要查找的证据不计其数。要求把所有的案件所有证据全都查实查到再收网,是不切实际的。打击犯罪是为保一方平安,公安工作必须要把人民的利益放在首位。部党委明确要求专案组,要在最短的时间里,坚决彻底地打掉黑恶势力。

收网时,抓捕刘唐的法律依据主要是其涉嫌包庇刘元。在实际侦破过程中，尽管警方深刻地怀疑刘唐是涉嫌黑社会性质犯罪的主犯，可直接的证据并不充分。

黑社会性质组织犯罪主要特征之一，是组织结构严密。警方虽有足够证据证明盛唐集团曾实施了多起犯罪，但认定刘唐为公司的实际控制人却有了难度。

公司的法人不是刘唐是孙亚辉。虽然公司的法人不是实际控制人并非个例。但这些年，孙亚辉如同刘唐的影子一样。刘唐对孙亚辉不仅充分信任，也把很多权力真的交给了他。

盛唐大厦里，有很多年，刘唐连办公室都没有。

刘唐不喜欢办公室，他喜欢喝酒喜欢女人喜欢赌博，他在办公室一天都待不了。

而证明是否为公司的实际控制人只能从资金控制权、重大项目决策权、重大人事任免权等去认定。而这些权力孙亚辉也确实具备。

正是这些实际存在的权力，关键时刻，给刘唐关键的帮助！

汤夫说："这些年，孙亚辉完全架空了刘唐先生，他利用刘唐对他的信任，背着刘唐先生做出了很多非法之事。"

汤夫这么说，不仅有郭子强等人的证实，连刘元都为其做证。

刘元说："这些年，我一直想成为益州的老大，但我哥对我这一点十分不满，他让我学好，要做他那样的人，但说心里话，我不愿意学，也不想做。我真正想成为的是像许文强那样的大英雄！"

汤夫说："许文强是谁？"

刘元说："许文强是电视剧《上海滩》里的老大！"

汤夫说："你宁可学电视里的老大，你也不想学你哥那样的人，是吗？"

刘元说："是的。"

汤夫说："孙亚辉为什么要背着你哥，去干那些事儿？"

刘元说："是因为孙亚辉也想成为我这样的人！"

汤夫说："孙亚辉也想成为老大？"

刘元说："是的。"

汤夫说："你怎么知道？"

刘元说："是孙亚辉亲口告诉我的，他说，他佩服我这样的人！"

汤夫说："你去杀聂树远时，你哥刘唐知道吗？"

刘元说："不知道。我刚才已经说得很清楚了，我哥和我是两种人，他喜欢做慈善，我喜欢做老大。"

【 11 】

谎言里如果一句真话没有，是很容易被戳穿的。

好的谎言都是把假话藏在真话里。

刘元杀聂树远刘唐确实不知道。

刘唐让刘元不要再去当什么老大，这都是真话。

刘元就是在说着这些真话时，把律师向其暗示的某些假话都巧妙地隐藏其中。

刘元这些年始终打打杀杀，他对死亡不惧怕，加上毒品早已把他的大脑弄得支离破碎，他真的一点都不在乎被判死刑。

死都不怕，他还怕为刘唐承担下所有的罪责吗？

连郭子强为了保住父母的房子，都能替刘唐隐瞒罪行，何况是拥有共同父母的刘元了。

刘元把该承担的、不该承担的统统承担了。

而那些没有承担的，汤夫就通过有理有据的辩护，让远在国外的孙亚辉为刘唐承担了。

【 12 】

李良说：“这样一来，刘唐涉嫌杀人、涉嫌黑社会性质组织犯罪有可能定不上了。”

徐永年说：“不是有可能，根据目前的证据，刘唐的这些罪就是定不上。”

李良说：“定不上了，难道法院就会以此判决吗？”

徐永年说：“这你还怀疑吗？”

李良不吱声了。

是啊，现如今是以庭审为中心了。对刘唐的审理又这样公开透明，如果不依证据给判了，谁敢承担这样的责任？

李良说：“定不上杀人、定不上黑社会性质组织，那给刘唐也就能定个包庇？”

徐永年说：“看来也只能这么定了！”

李良说："真要是这么定了，他妈的，用不了三年，刘唐就能出来。"

徐永年说："出来又能如何？他的翅膀被打掉了，那些为他卖命的打手都已经被绳之以法，刘唐不可能再为害一方了！"

李良没吱声，他明白，徐永年这么说，无非是在安慰自己。

市局、省厅、公安部先后下了这么大的力气，最后因证据不足，让主犯刘唐逃脱了法律的制裁，这是全体警察的耻辱！

李良说："部里也是，都抓了，为什么让孙亚辉漏网了？"

徐永年说："孙亚辉当时压根儿就没回来，那种情况下，部里再不收网，最后漏网的，可就不止孙亚辉一个人了！"

李良想想也是。

两个人正谈着说着，李良想到了什么，他从包里拿出了一瓶酒，这瓶酒不错。

徐永年说："你这酒哪来的？"

李良说："我亲家给的。"

徐永年说："那你拿回去和你亲家喝吧！"

李良说："我亲家还有好几瓶，这瓶今天我想和你喝了。"

徐永年把酒拿起又放进了李良的包里，说："今天不喝了。"

李良说："为啥呀？就喝一杯尝尝还不行吗？"

徐永年说："这么好的酒，喝了一杯就想喝第二杯……喝了第二杯……李局啊，我有点儿怕举杯消愁愁更愁！"

见徐永年这么说，李良就没再把酒拿出来。

李良说："那就留着将来喝吧！"

李良这时告诉徐永年，苏岩被部里的贺延龄借去了。

徐永年说:“借去干吗呀?”

李良说:“估计是到新加坡了吧!”

徐永年说:“想要把孙亚辉劝回来?”

李良说:“有可能吧!”

徐永年苦笑了。

李良说:“徐厅,苏岩真要是把孙亚辉劝回来,咱们到时候就把这瓶酒喝了!”

徐永年却说:“李局啊,我觉得这瓶酒,够呛能喝上了。”

那个时候,中国还没有在全球开展“猎狐行动”,靠嘴上功夫就能把孙亚辉劝回来,只能是一种美好的愿望!

徐永年说:“刘唐也许早就算好这一步了。只要孙亚辉不到案,法律对他就只能是无可奈何!”

李良这时情绪有些激动了:“徐厅,你说现在的法律究竟是在保护人民还是在保护像刘唐这样的罪犯?”

徐永年勃然大怒:“李良,我警告你,这种话,今后你不准再说!”

【 13 】

苏岩到北京首都机场与贺延龄会合后,乘坐的是一架空客 A380,去的新加坡。

这么大的飞机,苏岩头一次坐。东瞅瞅西看看,还觉得挺新鲜。

一路上，贺延龄没怎么吱声。

刘唐真要是这么判了，他会比徐永年还闹心。贺延龄在部里专门负责这类案件，领导这么重视，最后被他搞成了这个奶奶样，他今后都会无脸见人。

到新加坡来，苏岩很兴奋。

飞机要坐 6 个多小时，苏岩坐在贺延龄的身边，嘴几乎没闲着。

什么刘唐、刘元那些人几乎每个人都有几个老婆，但这些年，孙亚辉这方面确实与他们都不一样，孙亚辉可能都没搞过婚外恋。

苏岩说的这些，贺延龄在调查时，也都注意到了。

贺延龄不免有些感慨，他说："在他们那种花天酒地的环境下，还能有孙亚辉这样的人，真有点儿意外！"

苏岩说："所以，我们把孙亚辉这种人劝回来，还是有可能的！"

贺延龄说："但愿吧！"

贺延龄这次到新加坡来没抱任何希望，把孙亚辉这种人劝回去，想都不要想。这是不可能完成的任务。但明知不可能，贺延龄该来还得来。

类似的工作，中国有无数的警察每天都要这么干。

明知干不成，还得拿出干成的态度，因为万一成了呢？

苏岩对此也心知肚明。他那么说，只是想安慰贺延龄。

贺延龄说："这种事儿，我见的多了。苏岩呐，你不要有任何压力，就当咱们到新加坡来旅游了，啊！"

【 14 】

到机场来接机的是一位华人。他叫戴炳鹏，在新加坡定居好多年了。最初，到新加坡他是来留学。当时，已经来留过学的，劝他说："别来了，白花钱，学不到什么。"但戴炳鹏还是来了。来了之后，家里花了很多钱，他确实也没学到什么。正常来说，他拿着文凭就该回国了，但戴炳鹏有了想法：大家明知到新加坡学不到什么可还坚持来，这不是商机吗？

于是，戴炳鹏开了一家专门负责出国留学的中介。

可真开了这个中介，戴炳鹏才发现，有他这种想法的人，不仅数量上多，而且时间上也比他早得多。

正常来说，戴炳鹏靠此都生存不下去，但好在出国留学的人太多，通过亲属朋友这条线，戴炳鹏也能有不少"客源"，就这么的，这些年，他在新加坡也算是活得有滋有味。

戴炳鹏比苏岩小不少，他们怎么认识的，苏岩都记不起来了。苏岩这样的一线警察能认识无数的人。

贺延龄打电话问苏岩："你认识戴炳鹏吗？"

苏岩说："我认识啊！"

既然认识，贺延龄没再问过多的话，就让苏岩跟着来到了新加坡。

来之前，苏岩给戴炳鹏打电话，说是去度假。戴炳鹏无比兴奋："欢迎欢迎热烈欢迎。"

接到了苏岩和贺延龄，戴炳鹏开车拉着他们往宾馆走的时候，就开始为他们设计如何吃如何玩了。

苏岩说:“你那么忙，你就不用陪我们玩了。”

戴炳鹏说:“最近我一点都不忙，简直是闲得要死，你们来，我正好陪你们在这儿一起玩！”

见戴炳鹏如此热情，贺延龄笑着说:“老弟，我们来可不是玩的。”

戴炳鹏说:“不玩你们来干什么呀？”

苏岩只好说:“我们来是想让你帮着找个人！”

【 15 】

怕给戴炳鹏添麻烦，知道了孙亚辉住的地方后，贺延龄让刘正君给孙亚辉打电话要聚聚，孙亚辉想都没想就来到了饭店里。

进了包间，孙亚辉看到屋子里只有苏岩和贺延龄，转身想走。

苏岩假装热情始终站在门口，孙亚辉只好坐了下来。

贺延龄按照境外相关纪律要求，首先向孙亚辉表明了身份。

孙亚辉听到贺延龄是公安部的，嘴都不好使了，他说:“你……们是怎么找到我的？”

苏岩说:“亚辉，你别害怕。”

孙亚辉说:“我……有绿卡，你们不能在这儿抓我！”

贺延龄说:“孙先生，您不要误会。我们是中国的警察，即便你没有绿卡，我们在这儿也不能抓你！”

苏岩也说:“我们这次只是以朋友的身份来看看你，亚辉，你允许吗？”

孙亚辉说："当……然，允……许了！"

贺延龄都笑了："既然允许，那现在你能不能别哆嗦了？"

孙亚辉说："好好好，我……不哆嗦！"

【 16 】

孙亚辉是在新加坡的实龙岗买的房子，他住的小区里华人几乎没有。

孙亚辉大概认为，住得这么秘密，中国的警察都能找到他，就没必要再躲躲藏藏了。

所以，孙亚辉很配合，他先后到茶馆到饭店到海边谈了六七次。

但谈是谈，孙亚辉始终没有任何表态。

最后一次是在苏岩、贺延龄住的房间里，孙亚辉进来时还主动地对贺延龄说："你们怎么住在这里啊？换个好点的酒店呗！"

贺延龄说："不换了，我们住在哪儿都一样。"

孙亚辉坐在房间里唯一的沙发上，苏岩就开始滔滔不绝地劝说。

像前几次一样，苏岩的嘴皮子都快磨破了，孙亚辉就是不插言不多语不表态。

苏岩气得在房间来回走。

贺延龄要配合苏岩，他的眼睛就只能跟着苏岩来回转。最后，贺延龄都憋不住了，他对苏岩说："你能不能别走了，你把我都走迷糊了。"

苏岩坐在孙亚辉的身边，掏出了香烟。

孙亚辉接过来之后，贺延龄也不失时机地伸过来打火机。

打火机闪出了火苗，孙亚辉才急忙说："我自己来，我自己来。"

贺延龄坚持着为孙亚辉点燃了。

孙亚辉说："谢谢。"

贺延龄说："孙先生，我们和你谈了这么多次了，你总得给我们说点儿什么吧！"

孙亚辉见贺延龄这样说，又像往常似的低着头，默默地抽着烟。

苏岩有点儿急了，他把身体紧紧地靠着孙亚辉，小声地说：

"刘唐说是你指使郭子强杀了王永成，而郭子强也证实确实是你向他下达的命令，这形成证据链了。孙亚辉啊，您要想清楚！你现在有绿卡，我们不能抓你，但如果公安机关认定你是主犯，根据相关法律，公安部就可以向国际刑警组织发出红色通缉令，到了那时……"

苏岩说到这儿，贺延龄狠狠地瞪了苏岩一眼，苏岩假装点烟，就没再往下说。

【 17 】

贺延龄说："向国际刑警组织发出的不是红色通缉令，英文翻译过来应该叫红色通告。你和孙亚辉说红色通缉令，你这不明显是在吓唬他吗？"

苏岩说："对呀，我就是要吓唬他呀！这个孙亚辉也太气人了。"

贺延龄说："我看是你太气人了。"

让苏岩跟着来，除了因为和孙亚辉熟悉，也是因为苏岩过去的表现。苏岩把拿着枪拒捕的郭子强都劝得放下了枪，贺延龄以为，苏岩劝孙亚辉也能有一套呐！但来了之后，贺延龄很失望。

贺延龄说："苏岩呐，你不能再吓唬孙亚辉了。"

贺延龄、苏岩到新加坡来是旅游签证，和孙亚辉吃吃饭、聊聊天都没问题。万一孙亚辉向新加坡当局控告说受到了中国警方的恐吓，那就麻烦大了。

贺延龄说："我是公安部的，弄出事端来，我回去饭碗都没了。"

苏岩见贺延龄这么说，也很来气："你回去饭碗没了，我出来时饭碗都快不保了。"

贺延龄这才问苏岩："怎么回事儿呀？"

【 18 】

刘唐被抓后不久，益州市就开始全面肃清其所造成的各种影响。其中，凡是经过刘唐运作提拔的干部，要接受彻底全面的审查。

苏岩被提拔为副处曾经是刘唐给运作的。

苏岩说："你给我打电话时，对我的审查还没完全结束呢！"

贺延龄说："是吗？那你这么走了，对你有没有影响啊？"

苏岩这次出国不能代表官方，从市局把苏岩借走，也都是以贺延龄个人的名义。这种情况下，部里不会给苏岩开任何证明的。

苏岩说："如果不是我们局长担保，市里还以为我要跑呢！"

贺延龄说："估计最后能给你个什么处分呢？"

苏岩说："不知道。贺处，不瞒你说，昨天夜里市纪检委还给我打电话，让我赶紧回去呢！"

贺延龄说："既然这样，那咱们就都提前回去吧！"

苏岩说："别介，我提前回去吧，你再待两天劝劝孙亚辉吧！"

贺延龄说："劝也没什么大用。孙亚辉这种人心里什么都明白，反正该说的不该说的，咱们都说好几遍了。我再留下来，也是白搭工夫！"

其实，苏岩不走，贺延龄也打算提前回去了。

苏岩吓唬孙亚辉让贺延龄有些担心，他不想在国外弄出点什么风波来。

【19】

苏岩临走前，特地给孙亚辉打了电话。一方面道个别，更重要是强调，我和贺处这次是以个人身份来看你，你可千万别说我吓唬你之类。

这些话，苏岩不能直接说，必须得说得很委婉。

委婉就得绕上几圈，可还没绕一圈呢，孙亚辉就着急地问苏岩："你们不是后天走吗？怎么今天就走啊！"

苏岩心说，今天走和后天走对我们都是一个鸡巴味！

苏岩说："来了这几天，天天打扰你，贺处怕给你添麻烦，所以，就想今天……”

孙亚辉说：“苏岩，你问问贺处，如果我跟你们今天一块回去，这算不算我投案自首？”

孙亚辉这句话，说得太突然了，苏岩愣了好一会儿，才把电话递给贺延龄。

贺延龄见多识广，他很平静地说：“孙先生，我们现在不具备抓你的条件，你这次如果能跟我们回去，你本身就已经立功了，你的这些表现，将来在量刑时，比投案自首会更重要！”

孙亚辉说：“既然这样，那我现在就订票！你们等我电话！”

贺延龄放下电话后，苏岩急得都跳了起来：“你咋不说，让咱们给他订票呢？”

贺延龄说：“越是这个时候，咱们越不能显得太着急。孙亚辉肯定想利用订票这个时间再想想！”

苏岩说：“他可别再多想了！”

苏岩闭上了眼睛，跪在地上，双手合十，向窗外的蓝天，轻声地说道：“孙亚辉，你这个王八蛋，求求你，这次你就跟我们回去吧！”

【 20 】

孙亚辉订了机票一同到了机场时，贺延龄和苏岩也都没表现出怎么兴奋，直到上了飞机，飞机飞到了云海之上，这两个从中国来的警察才终于把喜悦之情流露出来。

贺延龄握着苏岩的手，说："这次你又立功了！"

苏岩说："我没立功。"

贺延龄说："你把孙亚辉都劝回来了……"

苏岩说："孙亚辉不是我劝回来的！"

贺延龄说："就是你劝回来的，苏岩，这个功一定要记在你的头上……"

苏岩说："这么大的功记在我头上，我可承担不起！贺处啊，信不信由你，我觉得，孙亚辉是被老天给劝回来的！"

贺延龄笑了："何以见得？老天干吗要帮咱们去劝孙亚辉啊？"

苏岩说："老天看咱们这帮逼警察是太不容易了！他感动了！他觉得再不帮咱们劝劝孙亚辉，老天的良心过不去！贺处，我说的有道理吗？"

贺延龄的眼圈都有点儿红了，他紧接着说："有道理，有道理啊！"

【 21 】

孙亚辉不是被老天劝回来的，他是自己想回来。

警察来之前，孙亚辉就已经有了回去的想法。见到贺延龄之后，这种想法变得无比强烈。

贺延龄是公安部的官员，这对孙亚辉影响太大。

孙亚辉这些年跟着刘唐接触了很多官员，用他自己的话说，除极少数很操蛋外，大多数官员都是好样的。

好样的官员有个特点，那就是一言九鼎！答应你的肯定落实。很多事儿就怕领导重视，只要领导重视了，没有解决不了的！

既然贺延龄都答应自己了，那就不能再给脸不要脸了。

何况孙亚辉早有回国的打算。

当初，刘唐回国前，孙亚辉那么苦口婆心地劝刘唐不要回去，可刘唐忘不了国内的荣华富贵，死活要回去，结果被抓了以后，却把所有的罪责都推到了孙亚辉的头上，这让孙亚辉对刘唐非常的失望！

为什么你刘唐要让我孙亚辉留在国外？

原来你刘唐早就为你自己想好了退路！

刘唐啊，刘唐，你这么做也太无情无义了吧！

你为自己留下了退路，可我剩下的，就只有绝路了！

【 22 】

当孙亚辉走进来时，整个法庭变得无比寂静。

这种寂静都让人有点儿喘不过气！

坐在被告席上的刘唐极力控制着自己，孙亚辉即将在面前走过，他必须要好好利用这个机会。

这么多年来，每次只要刘唐盯着孙亚辉的眼睛，孙亚辉的心就会跟着颤抖。

出庭前，贺延龄特地叮嘱孙亚辉，一定不要去看刘唐的眼睛。

孙亚辉答应得很好，可当他经过刘唐的身边时，却产生了巨大的冲动。

孙亚辉竟然向刘唐走了过来。

刘唐盯着孙亚辉，孙亚辉也盯着刘唐。

刘唐倒被孙亚辉盯得有些发蒙。

孙亚辉来到跟前，对刘唐说："唐哥，面对吧！"

面对这个词此时说出来，其中的意思很有些味道！

面对什么呀？

是过去的罪行？还是未来的结局？抑或弟兄的背叛？

【 23 】

"王永成是被谁杀害的？"

"是被郭子强杀害的。"

"你怎么知道？"

"因为是我向郭子强下达的命令！"

"你为什么要下达这个命令？"

"因为是刘唐向我下达了这个命令！"

孙亚辉在法庭上侃侃而谈，他详细地说出了刘唐向他下达命令的时间和地点。

公诉人问孙亚辉："你说是刘唐向你下达的这个命令，这你得拿出证明啊，当时，你是公司的法人……"

孙亚辉说："我是公司法人不假，但我根本就不是实际控制人。我那时的工资每个月只有两千七。郭子强杀人之后，光奖金就有一百七十万，难道这一百七十万是从我工资里扣掉的吗？显然不是吧！况且，我和王永成无怨无仇，他之所以被杀是因为他扬言要灭了刘唐，扬言要炸掉盛唐大厦！"

堡垒最怕从内部攻克！

这些年，孙亚辉等于是刘唐的影子。刘唐做的每件事挣的每分钱甚至干过的每个女人，孙亚辉都能如数家珍。

孙亚辉说："刘唐的报复心极强。刘唐唱歌时因为一个叫冯雪的女人得罪了祁民，祁民当时借着酒劲儿侮辱刘唐。刘唐对他说，你这样讲话是在找死。祁民醒酒之后，认识到了自己的错误，他先后找了聂森找了杨生贵找了毛显斌，来和刘唐说情。刘唐表面上答应不再和祁民过不去，可过了一年零两个月后，刘唐亲自给我批了一千万，让我下命令把祁民干掉！"

孙亚辉滔滔不绝，有提问的，他回答，没提问的他也回答。即便回答某个明确的问题，他也会把刘唐其他问题顺便说出来。

公诉人本以为，刘唐的律师会与孙亚辉针锋相对，怕孙亚辉说多了被律师抓住把柄，可不久前还口若悬河的律师们几乎都成了哑巴。

由于没了对手，法庭上的孙亚辉倒显得有些孤单！

这么多年来，生活在刘唐的阴影下，孙亚辉始终是在夹着尾巴。他谨小慎微，从不多说一句，忽然，压抑的大门被冲破之后，表达的欲望就变得无比强烈："刘唐开始与他弟弟刘元都是一样的人，后来刘唐接触了更多的高官，他就变了，他觉得不能再去打打杀杀了，那是小流氓干的。所以，当刘元命令钱凯、吴立波枪杀了聂树远等人之后，刘唐也真是被吓坏了。他之所以动用了一切关系去保刘元，是因为他深知，刘元一旦被警察抓住，他刘唐过去所犯下的罪行也一定会被揭露出来！”

【 24 】

刘唐把火撒在了汤夫的身上：“我请你来是为我辩护的，不是来看热闹的，孙亚辉胡说时，你为什么不反驳他？”

汤夫说：“那你想让我反驳他什么呢？你认为孙亚辉在胡说？刘先生，你自己干过的事儿，有的你都记不起来了，可孙亚辉却说得一清二楚！”

法庭上一句话不说的汤夫，面对刘唐了却开始滔滔不绝：“你花钱请我来，我为你辩护，这没错。可我是律师，我总不能为你瞎辩护吧！孙亚辉不仅在法庭上指证了你，他还提供了大量警方尚未查获的证据！如果你认为，孙亚辉是在胡说，那你为什么不当场反驳他，孙亚辉是你的兄弟，如果他是在陷害你，你应该在法庭上……”

刘唐说：“够了，汤律师，现在请你把嘴闭上！”

律师汤夫果真把嘴闭上了，他坐在桌子前开始收拾随身带来的钢笔和记录本。既然刘唐不想听他说了，汤夫觉得没必要继续待在会见室了。

任何职业干久了，都会产生职业的荣誉感。警察的荣誉感是破案，是把罪犯绳之以法。律师的荣誉感是赢，只要能赢官司，即便没有报酬，律师都可能愿意去辩护。

但如果官司赢不了，给再多的钱，对有追求的律师来说，吸引力都不是太大了。

刘唐这个案子，起初有赢的希望。可当孙亚辉出现在法庭上之后，再想赢就只能是在梦里了。

汤夫说："对你的判决，估计很快就会下来了！"

刘唐说："能判我死刑吗？"

汤夫说："极有可能。"

汤夫站起身，准备离开了，他认为，刘唐听完他说的这句，会产生绝望的神态，但出乎意料的是，刘唐却显得极为平静，似乎要被判死刑的是别人！

刘唐说："汤律师，我认为，不会判我死刑的！"

汤夫说："为什么？"

刘唐说："因为有人会帮我！"

汤夫说："谁会帮你？"

刘唐没吱声，他在盘算着是否通过汤夫，把有些话带给邹林。

【 25 】

邹林约了王秘书好几次希望能见面谈谈，王秘书以各种理由拒绝了。无奈，邹林把王秘书堵在了家里。

王秘书的家很大，进了房间，有一个专门会客的茶室。

装修房子时，王秘书以为会在家里会见很多客人，所以，会客室不仅装得古色古香，墙上挂的、地上摆的还有很多画和家具。

这些都很值钱，任意一幅画卖了都能买下这套房子！

邹林指着墙，说："这幅画，我给你的时候，你还不要呢，现在升值了吧！"

王秘书没接茬儿。

邹林拿的很多挣钱的"工程"，都不是和父亲说的，王秘书这方面没少帮忙。

邹林这次来，想要请王秘书去帮刘唐的忙，但王秘书不想帮。

上次王秘书为了给刘唐帮忙，去找了贺延龄。结果贺延龄公然骗了他，这已经给王秘书敲了警钟！

王秘书对邹林开口就说："你找我来是不是刘唐的事儿？"

邹林说："是。"

王秘书说："刘唐已经被抓起来了，很快他就要被判刑了……"

邹林说："你能不能帮刘唐去活动活动？"

王秘书说："我不能。"

邹林说："你不能，那我能不能去为刘唐做点什么？"

王秘书说："你连官员都不是，你能为刘唐去做什么？老弟，听我的话，你现在最好什么都不要去做！"

邹林说："那我就这么等着？"

王秘书说："你只能等着。刘唐涉嫌的罪行非常严重，你没看电视吗，至少有三起命案与他有关！他的案子影响太恶劣了，现在无论是谁都不可能再把他救出来。”

邹林说：“可如果不把刘唐救出来，刘唐会不会把我说出去？”

王秘书想了一会儿，才说：“刘唐不会把你说出去。”

邹林说：“为什么？”

王秘书说：“刘唐把你说出去，他什么好处都得不到！”

邹林火了：“刘唐这种人，你又不是没领教过，他真要是把我说出去怎么办？”

王秘书说：“他真是把你说出去，那也没办法！”

王秘书说出了这种话，邹林有点儿蒙，他不解地看着王秘书。

王秘书只好解释说：“你不是官员，刘唐把你说出去，你也不要怕！”

邹林说：“我会被抓起来。”

王秘书终于火了：“把你抓起来就抓起来呗，你干了那么多的事儿，把你抓起来不正常吗？”

王秘书竟然说出了这样的话，邹林彻底蒙了，他看着王秘书的眼神都有了绝望。

看到邹林这个熊样，王秘书的心又软了，他说：“真把你抓起来，我会想办法的。你现在不能为了自保，就去帮刘唐。刘唐犯的罪太大了，你帮不了他！”

邹林说：“我父亲也帮不了刘唐吗？”

王秘书说：“是的。”

邹林说：“现在我明白了，刘唐要是把我说出去，我只能独自去承担，你说的是这个意思吗？”

王秘书说：“是这个意思！”

【 26 】

夜深人静了，刘唐向值班民警提出申请，要求见法官。

民警说：“你见法官干吗？”

刘唐说：“我要立功，我要检举别人。”

民警说：“这么晚了，明天行不行？”

刘唐说：“不行。明天就要对我判决了，今晚我必须要见法官。”

即便在执行死刑时，如果犯人有重大立功报告，死刑都要暂时被中止。

所以，刘唐提出的申请，很快被批准。

主审法官连夜来到看守所，提审刘唐。

刘唐说：“把你的领导请来吧，我要揭发的事儿很重要，我怕把你吓过去。”

法官说：“那你就把我吓过去吧！”

孙亚辉在法庭上无情地揭露了刘唐，法官以为，刘唐检举的应该是与孙亚辉有关的罪行。判决前为了自保，把亲兄弟往火坑里推的，都屡见不鲜，何况孙亚辉只是刘唐过去的手下。

但令法官意外的，刘唐这次检举揭发的还真不是孙亚辉。

刘唐把要检举的，事先都写在了一张纸上，他把这张纸递给法官后，说：“在这两个项目中，我侵吞了很多国有资产，邹林在其中有重要股份……”

法官愣了一下：“你说的邹林是那位首长的公子吗？”

刘唐说:“是的。”

法官被吓住了:“这么说，你是想检举邹林吗？”

刘唐说:“不是，我要检举的，是邹林的父亲！”

法官真的被吓过去了，好一会儿，他都没说出话来。

刘唐说:“你盯着我看干吗呀？你心脏病犯了？”

法官控制好自己的情绪，把刘唐写的那张纸认真地看了一遍，对刘唐说:“你检举揭发邹林的父亲，就凭这张纸恐怕远远不够吧，你有证据吗？”

刘唐说:“我当然有证据了。”

【 27 】

囚车一直开到银行大楼的地下室。全副武装的警察站成两排。

戴着手铐、被蒙着头的刘唐被押下车，直接带入了电梯里。

这部直达电梯把刘唐、法官、法警带到了一个十分保密的地方。

这个地方平时只有非常有钱的VIP客户才能来。

刘唐被带到了电子识别仪前，才把他的头套摘了下去。

刘唐的脸很白，像墙壁那么白。

刘唐很长时间没来这里了，好奇地四处打量着。

一位客户经理向刘唐示意说:“刘先生，请。”

刘唐这才把手掌放在了检验屏上。

检验瞬间通过。

接着，客户经理又向刘唐示意一下。

刘唐很自觉站在了一处画有两只脚的位置上。

一束幽暗的激光射出来，迅速地扫描刘唐的眼孔！

同样，检验瞬间通过。

一扇很厚的大门在面前缓缓地打开了。

法官、法警押着戴手铐的刘唐走了过去。

走过了厚重的铁门，走过了狭长的通道，他们来到了保险箱客户专区。

进了一个不大的房间里，再次经过指纹验证后，那个属于刘唐的保险箱，被放在面前的桌子上。

刘唐伸出手想要拿时，被法警制止了。

一个穿着“现场勘查服”的警察，拿着仪器检查了一番，才向刘唐点了点头。

保险箱打开了。

里面没有什么珠宝之类的东西，只有一个印有省政府字样的大信封。

这个大信封被戴着白手套的法官拿出后，直接放进了一个密封的塑料袋里。

【 28 】

一般来说，对犯罪嫌疑人检举揭发的内容进行核实，涉及贪污受贿之类，法官会转给检察院，涉及杀人放火之类，法官会转给公安局……

但刘唐所检举揭发的太不一般了！

刘唐要检举揭发邹林的父亲，不仅把法官差点儿吓过去，他把法院的院长、检察院的检察长、公安局的局长都差点吓过去。

这样的检举揭发从来没遇到过呀！

邹林的父亲可是党的高级干部啊！

公、检、法三家都给整迷糊了。这个阶段，按照法律规定，这三家是不能在一起商量的。

无奈他们只能向他们的主管领导去汇报。

主管领导认真地翻看着刘唐藏在银行保险箱里的那些材料，也被整得一头雾水。

公安局长说："从刘唐提供的证据上看，邹林的父亲与其共同参与刑事犯罪的可能性没有。"

领导不解了："既然没有，那刘唐这么做是什么目的？"

检察长说："目的是让我们为难啊！虽然邹林的父亲没有参与刑事犯罪，但这些证据却能够证明邹林的父亲确有违法违纪的嫌疑！"

领导问法院的院长："那这会对案件的审理产生什么影响？"

法院的院长说："那影响可就大了！刘唐是以立功的名义对邹林的父亲进行了检举揭发，根据有关法律，我们必须要对其做出答复！"

怎么答复?

难道对邹林的父亲立案审查?

这可是个大难题。

即便对一个县级的人大代表审查,都得事先去征得相应的大人机构同意!

审查邹林的父亲?

领导都不敢往下想了。

法院的院长说:“这本来是一起普普通通的刑事案件,刘唐却人为地将其变成了政治案件。”

领导只好说:“既然这样,那根据党的有关纪律规定,我立刻向上级党委报告。”

法院的院长急忙问:“那现在对刘唐的这个案件审理,该怎么办?”

领导说:“还能怎么办?审理只能先暂时往后延期了。”

【 29 】

苏岩从国外回来后,市里对他继续调查。市局、省厅甚至部里都给苏岩说了不少好话,苏岩的工作最后算是保了下来。但是,级别从副处直接降到了科员。

公安局纪检委书记罗杨代表市里宣布时,苏岩还挺不高兴:“我现在成科员了!”

罗杨说:“对呀,从现在起,你就是普普通通的民警了!”

苏岩说:“这也太过分了。过去我还是副科呢，怎么转眼我就成民警了！”

罗杨说:“你知足吧，没把你降成副民警，你就算捡便宜了！”

【 30 】

刘唐说:“你们公安局还有副民警吗？”

苏岩说:“有他奶奶个逼吧，这是罗杨在气我！”

刘唐说:“他气你干吗呀？”

苏岩说:“过去我就这么气他来的。”

苏岩在派出所当普通民警时，因违纪被罗杨找去谈话。

谈话时，苏岩的态度很不好。

罗杨说:“你要是再这个态度，我可就处分你了。”

苏岩气他说:“你打算怎么处分我呀？我就是一民警，你还能把我变成副民警啊！”

苏岩把这段往事说了之后，刘唐都笑出了声。

苏岩心想，刘唐真不一般啊，都这个鸡巴样了，竟然还能笑。

案件延期审理后，刘唐想要和法官谈谈。但法官却不想和刘唐谈。很明显，刘唐这个时候肯定是想提要求。法官可没权力去答应刘唐的要求。

见法官不和自己谈，刘唐想来想去，想到了苏岩。

刘唐心想，和苏岩谈谈也行啊。

都快成副民警的苏岩也很想和刘唐谈谈。但这个阶段，作为警察的苏岩是没权力见刘唐的。这得需要相关领导批准。

好在对刘唐的侦查早已终结，如此特殊情况下，苏岩去见刘唐情与法上都能说得过去。

见到刘唐后，苏岩问他：“你见我想要干什么呀？”

刘唐说：“我这个案子，不是你一直在搞吗？”

苏岩说：“不是，过去我在搞，后来你把我差点撞残废之后，我就没法搞了。”

刘唐怕苏岩给他录音，就说：“撞你不是意外吗，苏岩，那事儿和我一点关系都没有！”

苏岩说：“有关系也无所谓。你就要被判死刑了，我还能和你计较吗？”

刘唐说：“我不可能被判死刑了！”

苏岩不相信。

刘唐就把检举邹林的父亲和苏岩简单地说了说。

苏岩听完也被吓过去了：“现在对你延期审理，是这个原因吗？”

刘唐说：“当然了。”

苏岩看着刘唐半天没说出来话。

刘唐说：“你别这么看着我，我让你来是想和你商量个事儿！”

苏岩说：“你和我商量什么事儿啊？我就是一民警！”

刘唐说：“我知道你是一民警，但你可以把我说的转告给那些不是民警的！”

苏岩说：“你想让我转告什么呀？”

刘唐说：“他们现在审理我这个案子是骑虎难下了，往下审，审不下去，不审吧，他们还无法向社会交代。”

苏岩说:“我不明白你的意思。”

刘唐说:“这有什么可不明白的。要想接着审我，他们就得把邹林的父亲抓起来！这可能吗？”

苏岩是搞刑事案子的，对这些还真不太明白，他说:“把邹林的父亲抓起来，也没什么不可能的吧！”

刘唐说:“你个老外，你知道吗？邹林的父亲相当于过去的铁帽子王！”

苏岩说:“什么意思？铁帽子王是干吗的呀？”

刘唐说:“算了算了，我不和你解释了，没文化真可怕！苏岩，你见到办案的，你就跟他们说，我有个办法！”

苏岩说:“你有什么办法？”

刘唐说:“我的办法其实也很简单，我的案子吧，他们可以继续审……只不过呢，我现在不是主犯吗，你让他们把主犯变成孙亚辉就行了。”

苏岩心里想骂刘唐了:“你的意思是说，法院现在审理的是以孙亚辉为首的黑社会性质组织？”

刘唐说:“对呀！”

苏岩开始不动声色地盯着刘唐看。

刘唐说:“你不要这样看着我，我脑袋没进水！你想想，孙亚辉也的确够主犯，所有的杀人命令都是他下达的……”

苏岩说:“你把孙亚辉定为主犯了，那你呢？”

刘唐说:“我嘛……你们可以把我定为一个傀儡！一个什么都说了不算的……”

苏岩说:“那你最终的目的是……”

刘唐说:“我最终的目的，是把我取保候审！”

苏岩都笑了："你干脆直接说，把你放了，不就完了！"

刘唐也笑了："直接放了太明显。取保候审大家都能接受，过几年，我这个案子就会风平浪静了！"

【 31 】

苏岩都没好意思把刘唐的话一五一十地全都告诉贺延龄，他只说了一部分，贺延龄就十分感慨道："干了快一辈子的公安，我还头一次遇到这样无耻这样卑劣这样丧心病狂的罪犯！"

这些话，苏岩也有同感。开始他没说这些话，还本以为自己是小地方的警察，不要什么都大惊小怪。贺延龄可是见多识广啊，连他都这么认为……苏岩无奈地叹了一口气，说："刘唐可真是个人物！"

贺延龄也说："的确是个人物啊。"

关于刘唐两个人似乎有很多话要说，但现在又都不知该说什么好。

从这起大案发生以来，刘唐给市局给省厅给公安部给检察院给法院，制造了数不清的难题，现在就要对其宣判了，却又……

苏岩说："现在对刘唐延期审判是因为你们骑虎难下了，是吗？"

贺延龄没吱声。

此时的贺延龄也确实没有什么好说的。刘唐现在出的这个难题实在是太大了。要想解决这个难题，恐怕最后得党中央出个批示才行。

可问题是这种刑事案件，党中央能出批示吗？

【 32 】

公元 × 年 × 月 × 日，中国共产党中央委员会的批示下来了：在社会主义法治国家，没有特殊公民，更没有铁帽子王。法律面前，人人平等！

【 33 】

汤夫下了车，几乎是一路小跑着进了看守所的大门。

在会见室等待刘唐进来前的这几分钟，为了让自己激荡的心平静下来，汤夫在心里都开始背诵“大悲咒”。

佛法无边，经过背诵，汤夫的心果然平静如初了。

刘唐进来之后，没看出汤夫的表情和以往有任何的不同。

汤夫拿出了一些文件，让刘唐看。

有的刘唐能看懂，有的刘唐看不懂。

刘唐说：“这表示什么意思啊？”

汤夫说：“这表示法院已经给你答复了！”

刘唐又看了看，说：“汤律师，那你给我好好解释解释呗！”

汤夫解释了半天，刘唐也没听懂。

刘唐说：“尊敬的汤夫大律师，你能不能和我说点儿人话！”

搁过去，刘唐要是说出这种话，汤夫会不高兴的，但这次没有。

汤夫想了想，耐心地告诉刘唐："法院的答复虽然不是很具体，但已经相当明确了。毫无疑问，邹林的父亲现在正接受组织调查。"

刘唐傻眼了！

接受组织调查，就是被抓起来了！

难道铁帽子王也能被抓起来？

刘唐的大脑已经不会思考了。

汤夫指着面前的一份文件，对刘唐继续说：

"你检举邹林父亲的那些证据，经有关部门鉴定，够不上重大立功表现！"

大脑已经不会思考的刘唐这时忽然急了，他大声地说："因为我的检举，他都已经接受组织调查了，我相信，邹林的父亲一定还会查出其他问题……"

汤夫一点儿没客气："邹林的父亲查出其他问题，和你有什么关系？你检举的这些问题，对他只够党纪处分！"

刘唐再次傻眼了。这些日子，他没少学党纪国法！

汤夫说："何况这些问题里，你和邹林都参与其中，你这是属于坦白的性质……"

刘唐站起来喊道："你不要再和我讲法律了！"

汤夫说："我是律师，不和你讲法律，我讲什么？"

大概是站起时有点儿猛，刘唐忽然感觉天旋地转，他用双手捂住了自己的双眼，就一屁股坐在了椅子上。

汤夫整理桌子上的文件时，刘唐才睁开眼睛问汤夫：

"法院会判我死刑吗？"

汤夫说:“这些日子，你不是一直在学习法律嘛，根据法律，你自己心里应该也很清楚了。”

刘唐说:“是的，我早就清楚了。”

刘唐已经说得有气无力了。他知道，自己这回算是彻底完蛋了。

这个时候，他很想骂人，他甚至想把汤夫骂得狗血喷头，但奇怪的是，刘唐竟然变得平和了。

可能悲痛太巨大了，抑或末日即将来临的恐惧，让刘唐在汤夫临走时，忽然变得大度起来。

刘唐说:“汤律师，实在是抱歉，你这次的官司，由于我的问题，让你打输了！”

汤夫被刘唐说愣了好半天，最后才说:

“我是律师，我把官司打输了，是我的无能。在这里，我向你道歉。但是，信不信由你，刘先生，今生今世，我能为您打这场官司，是我一生的荣幸！”

说完，汤夫恭恭敬敬地给刘唐鞠了一躬!

【 34 】

苏岩来到门前时，一轮红日才冉冉升起。他本以为来得挺早呢，到了之后才发现，已经到处都是人了。

马三有个同学是这个法院的法警。法警对苏岩很照顾，不仅帮苏岩进到了法庭里，还帮苏岩弄到了离被告席很近的位置。

苏岩没穿警服，穿的是西服。为了显得庄重，他还扎上了一条黑色的领带！

警察与罪犯的关系有时很微妙。抓罪犯审罪犯时，警察是无情无义，可真到了判罪犯时，警察的内心又常常变得多愁善感。

苏岩亲手把罪犯送到审判席上，已经不是第一次了。但每次苏岩都是很认真地前来送行。

这次送刘唐，苏岩不仅是认真，简直有些庄重！

苏岩进法庭之前，特地到法院的卫生间里，对着镜子把自己上上下下整理了一番。

西装革履的苏岩看着镜子里的自己，感觉都有点儿陌生。

苏岩指着镜子骂道：

“你他妈的是我吗？”

【 35 】

“审判长、审判员：备受关注的以被告人刘唐等为首的黑社会性质组织，终于在庄严的法庭上接受审判。该涉黑组织盘踞益州等地长达近二十年，长期为非作恶，欺压、残害群众，成员多达三十余人，涉案总人数近百人，是近年来查处的特大涉黑犯罪组织。该组织规模之大、影响之广、危害之深、后果之严重，均属罕见。对刘唐等人为首的黑社会性质组织的审判，再一次彰显了正义必将战胜邪恶的真理，体现了党和政府以及司法机关打黑除恶、维护人民群众根本利益的坚定信念和坚强决心！”

公诉人的声音威严、庄重，有点儿播音员的味道。

苏岩因为离得近，他能很清楚地看到被告席上的刘唐。

刘唐的表情很木然，似乎起诉书上说的刘唐根本就不是他！

“‘多行不义必自毙。’以刘唐等为首的黑社会性质组织的覆灭充分证明：我们各级党委、政府，各级政法机关对于严重危害社会秩序、侵害人民群众生命财产安全的各类犯罪，绝不姑息、绝不纵容、绝不留情！无论是什么人、无论涉及什么人，只要是触犯法律，我们都要坚决打击、彻底查办！各级党委政府、各级政法机关必将以铁的决心、铁的手腕对各类黑恶势力予以毁灭性的打击，确保一方平安，造福一方民众！”

【 36 】

很多年前还在派出所工作的苏岩，因涉嫌对犯罪嫌疑人刑讯逼供被审查，为此，苏岩感到了无限委屈：我不是为我自己啊！我这是为了破案啊！这样对待我，老子我不干了！

当时刘唐已经把生意做得有声有色了。刘唐就对苏岩说：“别干警察了，你和我一起去挣钱吧！”

苏岩当时真有点儿动心了。

那时挣钱不像现在这样难。只要肯吃苦只要脸皮厚，挣钱就跟玩儿似的。

挣钱对苏岩产生过很大的吸引力。有了钱可以像刘唐似的天天吃好的，有了钱可以像刘唐似的天天去泡妞……

苏岩记得至少有两次要和刘唐说，唐哥，警察我不干了，我去和你干吧！

但这个话每次要说出口时，不知为什么苏岩愣是没张开这个口！

【 37 】

“被告人刘唐、刘元等犯组织、领导黑社会性质组织罪、故意杀人罪、故意伤害罪、非法拘禁罪、非法买卖枪支罪、非法持有枪支罪、弹药罪、非法经营罪、敲诈勒索罪、故意毁坏财物罪、妨害公务罪，寻衅滋事罪。”

法官的声音仿佛已经穿越了时空：

“判处被告人刘唐死刑，剥夺政治权利终身，并查处没收个人全部财产。”

被告席上的刘唐即便听到了这样的声音，仍然无动于衷地站在那儿，似乎被判处死刑的不是他刘唐，而是别人！

【 38 】

苏岩站在被告席上，法官正庄严地宣判:“判处被告人苏岩死刑，剥夺政治权利终身，并处没收个人全部财产。”

苏岩从梦里惊醒后，几乎从沙发上跳起来。

老天呐，我怎么会做出这样的梦!

晚上回到家，苏岩感觉很累很疲惫，衣服没脱，就坐在沙发上睡着了。

即便从梦里醒来了很长时间，苏岩的身体仍在不停地颤抖。

苏岩到卫生间尿尿时，还在抖，尿都被抖在了地上。

擦地时，苏岩忽然从镜子里看到自己仍是西装革履的，就急忙从里到外换上了崭新的警服!

穿着警服的苏岩再次站在镜子前，就好多了。

苏岩指着镜子里的自己，偷偷摸摸地说:

“你小子多亏当了人民警察！”

【 39 】

经最高人民法院核准，一审法院在接到死刑命令的七日内执行死刑。

即将离开世界前，罪犯的表现各式各样。

有些罪犯竟然装起了糊涂。

求生的本能在最后一刻好像能给人以幻想。

刘唐似乎不需要这种幻想，临刑前的那段日子里，他感觉自己是世界上最了不起的男人！

为了钱却能不为钱所动的大律师汤夫都向他那样鞠躬之后，刘唐简直变得飘飘然了。

这种飘飘然过去出现过。

当盛唐集团援建的希望小学在大地震后的一片废墟中屹立不倒，当报纸上全都是连篇累牍的赞美，那时的刘唐就有了飞一样的感觉！

人的感觉很奇妙。

无论多恐惧，只要感觉不到，再恐惧也无所谓。

刘唐在那个日子到来前，整天都笑呵呵的，他的笑容里都有了伟大与神圣！

看守所的警察都很配合刘唐，他们对刘唐毕恭毕敬，好像他真的那么了不起。

这里的警察见怪不怪，刘唐这样的他们见得多了。

人的本能里，可能在临死之前都会产生强烈的心理暗示，以回避最终的恐惧！

这就像吸了毒打了麻药不觉得疼一样！

刘唐的表现似乎更加完美，毕竟他什么都见过什么都吃过什么都玩过。

用他的话说："我早已死而无憾。"

【 40 】

刘唐提出要同时见他的女人和孩子。

警察说:“刘总啊，这么多的女人这么多的孩子，我建议你单独一个个见好。”

刘唐说:“不好！我就要一起见。”

警察说:“既然你非要一起见，那就一起见吧！”

刘唐喜欢妻妾成群，喜欢儿女满堂。每当女人们围在他的身边，每当孩子们都向他露出笑脸，那种感觉简直了！

就要走了，这种感觉刘唐说什么也得再来一次。

但可惜的是，最后这次感觉并不好。

会见室本来就不是很大，女人们孩子们一起进来后，刘唐的心变得不是滋味了。

大些的孩子在哭，小些的孩子也在哭。

一片哭声里，几个女人却在角落里窃窃私语。

朱飞燕说:“他见我，我还以为能再给我留点儿钱呢。”

周雪静说:“我也是这么想的！”

唐兰说:“谁承想，他根儿就没提钱！”

只有张雨瞪着她们说:“他就要死了，你们都要点儿脸吧！”

【 41 】

刘唐最后把张雨一个人留在了会见室里。

张雨握着刘唐的手哭成了泪人。

刘唐握着张雨的手却露出了笑容。

刘唐真像一个圣人那样，安慰着张雨，什么你还年轻，再找一家之类。

张雨说：“我不找，我要一个人带着孩子过一辈子！”

张雨哭得撕心裂肺，刘唐差点没控制住。那种自我麻木的本能没有那么大的力量！刘唐怕自己哭出来，就对张雨说：

“亲爱的，我们唱首歌吧！”

张雨：抱着我去哪里哪里

刘唐：抱着你去天崖海角

张雨：亲爱的你是我唯一

刘唐：我会努力爱着你

张雨：抱着我不离不弃

刘唐：亲爱的没有问题

……

【 42 】

刘唐见到苏岩时，面具一下子脱落了。苏岩对他太熟悉了，刘唐觉得没必要继续演了。

刘唐看着苏岩，用凄凉的声音说：

“你没想到，我死之前还会见你，是吗？”

苏岩说：“你不见我，我也会来见你的！”

刘唐惊讶了：“你也想见我？”

苏岩认真地点了点头：“我说过，我欠你的，都会还给你！”

刘唐说：“你想怎么还呐？”

苏岩说：“你现在最担心的是你母亲，对吗？”

刘唐说：“对呀！”

苏岩说：“放心吧，唐哥，你母亲就是我母亲。我一定替你养老送终！”

刘唐没说话直接跪在了苏岩的面前。

会见室里弄这一出，苏岩很不习惯。他急忙让刘唐起来，并迅速地转移话题。

苏岩说：“我刚才看到张雨是哭着走的！”

刘唐说：“我和她一起唱了一首歌！”

苏岩说：“唱的什么歌啊？”

刘唐说：“《你是我的唯一》！”

苏岩差点骂出声，你他妈的这么整，张雨将来还能嫁人吗？这个时候，你应该告诉张雨你曾经背着她干过多少恶心人的事儿！

但这些话，苏岩一句也没说。都这个时候了，他不能再说没用的。

刘唐似乎看出苏岩在想什么，他也实实在在地说：

“张雨最爱我，我最爱的也是她！”

说到这，刘唐控制不住已经开始哽咽了：“苏岩呐，我现在他妈的后悔死了……我干吗要去……做那些……事儿……我有这么好的女人，我还有那么多的钱……我完完全全可以拥有一个很不错的人生！”

苏岩真想说，可不是嘛！但苏岩还是什么都没说。

刘唐说：“知道为什么想见你吗？不知怎么搞的，这些日子，我总是梦见你！”

苏岩吓了一跳：“你梦见我什么了？”

刘唐说：“梦见你在派出所的时候……我骑着那辆破自行车带着你去喝酒……喝多了……喝吐了……你就再骑着那辆破自行车带着我回来……”

既然梦见的是这些，苏岩放下了心。

这时，刘唐几乎在哭了：“过去，我没什么钱，我连轿车都买不起，可是……我是那么的快乐……后来，我有钱了，我什么都能买得起了……可我好像再也没那么快乐过……”

刘唐尽可能地控制着自己的情绪，他见苏岩是因为有重要的话要说：“这两天，我睡不着，我天天都想，为什么我会落到今天这个下场？我太狂妄了……我有了钱，特别是和一些大官交了朋友之后，我就觉得，我不是刘唐了，我是皇帝，我是国王……他妈的，我怎么这么愚蠢啊！”

刘唐最后变得无比真诚了：“苏岩呐，我其实就是……喝酒喝多了，还得让你骑着自行车把我拉回来的一个酒鬼！”

面对着刘唐如此赤裸裸，苏岩的心也揪了起来。

最后，苏岩问刘唐："需要我做什么？"

刘唐说出了见苏岩的目的：

"将来有一天，你要告诉我的孩子们，他爹就是一个酒鬼……让他们千万千万不要恨政府……找一个自己喜欢的人……平平淡淡去生活！"

【 43 】

那辆浅灰色的面包车静静地停在角落里。整个院子里站着不少全副武装的特警。

刘唐被法警押着，向面包车走去时，他的眼神就已经变得如同死人一般。

刘唐踉踉跄跄地走着，踉踉跄跄地来到了面包车前。

临上车前，刘唐还回头看了看，求生的渴望眼里都塞满了！

即便躺在了车里的平台上，即便第一针的药水都被自动注入身体里，刘唐的眼里依然是那种求生的渴望！

但第二针那种颜色的药水再自动地被注入后，刘唐的眼里，别说渴望，连光泽都没有了。

等到合上眼睛之后，刘唐眼前的世界应该只有一片漆黑了！

【44】

尘归尘，土归土!

人的一生很短，且行且珍惜!

后　记

某年某月某日，高群书打电话给我："有《国家行动》这样一个项目，你是否感兴趣？"我说："感兴趣！"

这之前，我写了个谍战剧本，高群书非常喜欢，本以为他能来导，结果失之交臂，当时让我无比遗憾。这次《国家行动》之所以爽快地答应高群书，根本原因是希望能与高导来次亲密的合作。但看完这个项目的相关资料后，我感觉我可能难以胜任。

创作《国家行动》这个剧本要不断开会不断讨论不断听取各方意见……我没这样写过剧本。我不是专业编剧，不善于委托式创作。考虑再三，只好婉言谢绝了大导演。怕高导误解，我把内心的真实想法以及创作"恶习"全都告诉了他，并明确表示，下次我写完剧本一定会首先给他！但高群书对我下次的剧本毫无兴趣，《国家行动》是他目前的最爱。为了让我进入到这个项目来，高群书还针对我的恶习耐心地开导我："你要想进步必须学会这种委托式创作。"

本以为这个机会过去了，高群书却始终惦记着我。一天上午，他突然发来微信："《国家行动》编剧就定你了，必须来了，你不来，领导找你谈话！"我是职业警察，真怕领导找我谈话。于是我马上进到组里，认真地琢磨如何创作《国家行动》的剧本。专家、领导一波又一波……总策划是部里原宣传局的局长武和平，这让我顿感压力无穷大。为了让我尽快进入状态，高群书不断地鼓励我："开始写吧，你没问题。"制片人李总直言不讳:“你有什么困难，说。我解决不了，我让台里解决。”印象最深的是武和平。那么大的领导，还创作了那么多的作品，一点儿架子没有，那么谦逊那么温和!

电视剧要在两个月后开机，这么短的时间，要求我至少写出35集剧本!这对我来说，是不可能完成的任务。转眼20天过去，除了一个故事概要，我没写出一集剧本。高群书急了:“程琳，你没有退路了。写不出剧本，你要负责!”怕真的负责，也怕继续下去和高导的关系搞僵，我决定正式“辞职”。为此，我写了有关我对创作这个剧本近万字的各种焦虑。武和平看完我的焦虑，先“表扬”我:“呦，你的机关应用文写得还不错呀!”接着不动声色地讲了高群书为了让我进到这个项目所做的种种努力，他说:“你到目前没有一部叫得响的电视剧，我们大家认可你，完全是高导在力荐，他在会上说，只要程琳来了，这个项目就成了。现在你来了，一集剧本没写，你就这样走了，小程啊，你可得好好想想啊!”

武局说完，我何止是好好想想，我想前想后想左想右，该想的不该想的全都想完之后，我才终于想明白高导对这个项目的执着与担当，也终于想明白武局、李总等领导对我的良苦用心。无论如何，我必须得写呀!好坏不重要!这是态度啊!

全都想明白有个好处，那就是放松了。每次放松下来，我都写得很快。十天之后，写出的四集剧本竟然全都被认可，全都被给予最好的评价。不久，我才明白，为了照顾我的创作心态，大家都只说优点……

同时遇到了这么好的导演、这么好的领导、这么好的制片人，真像高群书所言，这次我确实没有退路了!从此，我老老实实一心一意地创作剧本，又写了六集，又写了八集，写到十八集后，《国家行动》在云南正式开机了。

……

过去写剧本，我每天只工作四个小时，这次显然不够。看资料、听意见、开会讨论……为赶上拍摄进度，我一天半就要写出一集，每天至少工作十个小时以上！很多人的创作是在夜间，我必须是白天。为了有足够的时间，只能中午不吃饭了！写了一个月后，头的两侧开始剧烈地疼。给家乡的中医姜博士打电话，伟大的姜博士问了我的症状，让我吃什么吃什么，吃完他开的药，症状全消……

按计划写完35集就算完成任务，我一共写了38集！在电脑上打上"全剧终"后，都舍不得关上电脑。

全部剧本写完后，创作中出现的问题，一齐摆在了面前。为了保证拍摄进度，我必须马上投入到大量的修改之中。或许由于疲惫或许由于理念……修改开始后竟变得无比艰难。这之前，我还一天半一集，可现在一周半也写不出一集的量。每天坐在电脑前，都产生了哭的欲望……最难的时侯，高导、武局、李总给予了我最大的理解。伟大的高群书最后干脆是一边拍戏一边亲自改写剧本……

事后，高群书语重心长地对我说："通过这个戏，你自己要反思，为什么那么多难的戏，你能写出来，这些容易的，你反而写不出来？原因是在你的心里！你的心在抗拒！"

一针见血！

这些年，为什么我总是闷着头自己写，我的心真的一直在抗拒！一旦我自己认准了，我很难改变，哪怕别人的意见是正确的，我也总是找各种理由拒绝！

很多年没有痛定思痛了！高群书的话，让我想了很久很久！

大约半年后，博纳总裁于冬打来电话："我要做电影版的国家行动，李总向我推荐了你，你有兴趣吗？"我说："有兴趣。"负责剧本创作的是业内德高望重的韩三平。与韩总谈了两个小时后，回到家里，我又把谈话录音听了四个小时。全面细致地领会了韩三平的要求和想法后，我的创作进入了快车道：三天写出了故事提纲，十天写出了电影剧本，二十天授权博纳影业在总局登记备案……

听人劝吃饱饭。改变自己，真的是立竿见影！

写完电影剧本不久，公安部《啄木鸟》杂志社主编杨桂峰打来电话，希望我把《国家行动》这个项目再写成小说！

搁过去，我会拒绝。我可以先写小说后写剧本，但我不会先写剧本再写小说。以前我曾经虚情假意地认为，小说是高雅的！现在我不这样认为了。我都不高雅，干吗写个小说我还要假装高雅？既然领导需要，那就赶紧写吧！

杨桂峰说："程琳，你是写小说的，这次你可以完完全全按照你自己的意思来写！"

人很奇怪，写小说时，完全没人管我了，我却完完全全进入了"委托"式创作，创作电视剧、电影时的那些要求和规定，我竟然全都自觉遵守！这丝毫没降低我的创作速度，反而更快更舒服！

于是，写完了电视剧、写完了电影、写完了小说，有两句沁人心肺的古诗，就这样留在了我心里：

本来狗屁不是

不要自以为是

程琳

2017.6.21

FONGHONG
凤凰联动出品